20/08

ELOISE

JULIA QUINN

Les enfants Bridgerton

ELOISE

roman
traduit de l'américain par Arnaud du Rengal

ÉDITIONS GUTENBERG

Cet ouvrage a été publié sous le titre original :
To Sir Phillip, with love
by Avon Books, New York, USA

Si vous voulez recevoir notre catalogue
et être tenu au courant de nos publications,
envoyez vos nom et adresse aux éditions Gutenberg,
33, boulevard Voltaire, 75011 Paris
www.editionsgutenberg.fr

Et, pour le Canada, à
Édipresse Inc., 945, avenue Beaumont,
Montréal, Québec, H3N 1W3.

ISBN : 978-2-35236-017-9

À Stefanie et Randall Hargreaves,
vous qui m'avez ouvert votre maison,
vous qui m'avez fait visiter votre ville,
vous qui avez gardé nos affaires,
et lorsque nous sommes arrivés,
vous qui nous aviez préparé un petit cadeau
qui nous attendait sur le porche de la maison.

Et lorsque j'ai eu besoin d'aide,
j'ai toujours su à qui m'adresser.

À Paul,
Cette fois-ci parce que.
Parce que, vraiment, comme toujours.

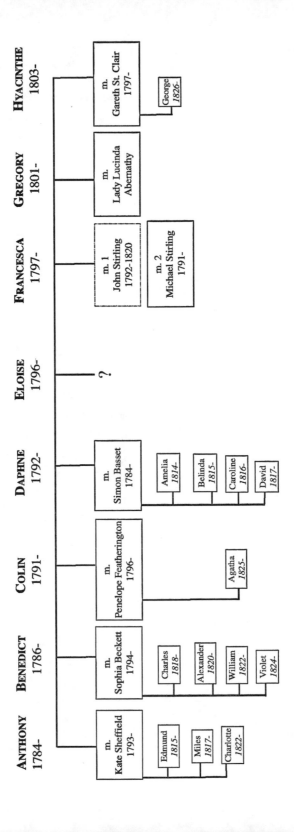

PROLOGUE

Février 1823
Gloucestershire, Angleterre

Quelle ironie ! Vraiment ! Dire que tout était arrivé par une si belle journée...

Une éclaicie venait enfin de percer après six semaines de grisaille, entrecoupées de courtes averses de pluie ou de neige. Même Phillip, qui se croyait insensible aux variations climatiques, s'était senti plus léger. Personne ne pouvait rester enfermé par une journée aussi splendide.

Comment le soleil pouvait-il avoir l'insolence de venir le taquiner ainsi, un mois à peine après ces terribles événements ? Dieu avait un drôle de sens de l'humour... Comment Phillip avait-il pu se montrer aussi aveugle à l'époque ? Il avait vécu avec Marina huit longues années. Il avait eu tout le temps d'apprendre à connaître cette femme, sa femme... Il aurait dû s'y attendre. À dire vrai... Il n'avait tout simplement pas voulu l'admettre. Peut-être cherchait-il à se voiler la face, à se protéger en chassant tout cela de ses pensées ? Peut-être avait-il cru pouvoir conjurer le mauvais sort ?

Phillip regarda l'astre disparaître lentement sous le fil de l'horizon. Il avait bu plusieurs verres de whisky, mais il se sentait toujours aussi accablé, mélancolique, sans raison. Cela le terrifiait. Non, il ne voulait pas finir comme Marina. Il ne se souvenait plus du rire de son épouse à présent, mais avait-elle jamais eu le moindre instant de gaieté ?

— Vous n'auriez jamais cru que le soleil viendrait vous chatouiller ainsi, pas vrai, Sir Phillip ?

— Ce serait parfait, murmura-t-il les yeux mi-clos, s'il ne faisait pas si froid !

— Allons, il ne fait pas si froid que cela, gloussa Miles Carter, son secrétaire. Le lac n'a même pas gelé cette année. À peine quelques plaques de glace.

— Ce n'est pas le printemps non plus.

— Si c'est le printemps que vous vouliez, Monsieur, vous auriez mieux fait de consulter un calendrier.

— Dites-moi, Miles, vous croyez vraiment que je vous paye pour exprimer pareille impertinence ?

— Évidemment, et plutôt bien d'ailleurs.

Phillip esquissa un sourire.

— Je croyais pourtant que vous ne détestiez pas la grisaille, ajouta Miles.

— Certes, mais cela ne signifie pas que je n'apprécie pas quelques rayons de soleil à l'occasion. À ce propos, n'oubliez pas de dire à Nurse Millsby qu'elle couvre bien les enfants et qu'elle les emmène en promenade. Ils sont restés cloîtrés depuis si longtemps qu'un peu d'air pur ne saurait leur faire de mal.

— Comme à nous tous.

— Je ne vous donnerai pas tort sur ce point, conclut Phillip d'un ton rieur. Allez donc rejoindre Nurse Millsby. Nous nous occuperons de ma correspondance plus tard. Je vais trier quelques semences et je crois savoir que vous n'aimez guère travailler dans ma serre.

— Pas en cette saison, c'est certain.

— Oseriez-vous sous-entendre qu'il y a des courants d'air dans mon ancestrale demeure ?

— Comme dans toutes les demeures ancestrales, Monsieur.

Phillip appréciait Miles, c'était un homme bon. Il l'avait embauché six mois plus tôt pour l'aider à classer la paperasse afférant à son petit domaine. Miles était encore jeune et il avait apporté une certaine fraîcheur et un humour salvateur dans cette maison où l'on ne riait guère. Jamais les domestiques n'auraient osé plaisanter avec le maître des lieux, et encore moins avec Marina, cela va sans dire.

Phillip retrouvait parfois le sourire auprès de ses enfants facétieux, mais il se sentait maladroit et ne savait quoi leur dire. C'est pourquoi il les renvoyait le plus souvent à leur nourrice. C'était plus simple ainsi.

Il ne les avait pas encore vus aujourd'hui, mais il préférait éviter le risque de gâcher leur journée par l'une de ses célèbres remarques empreintes de sévérité. Il les retrouverait plus tard, pour partager avec eux sa passion pour les plantes.

Une fois dans la serre, Phillip referma la porte derrière lui, ravi de respirer enfin cet air chargé d'humidité. Il avait étudié la botanique à Cambridge, et, si son frère aîné n'avait pas péri à Waterloo, il aurait sans doute entamé une carrière universitaire. Mais le destin en avait voulu autrement : il était devenu propriétaire terrien. Ce qui était un moindre mal, car il aurait très bien pu vivre en ville. Ici au moins, il pouvait poursuivre ses recherches sur les végétaux dans une relative tranquillité. Cependant, il ne parvenait pas à oublier Marina… Tout était arrivé si vite… Happé par le souvenir de cette funeste journée, Phillip revoyait toute la scène le regard perdu dans le vide. C'était un mois auparavant…

Phillip se penchait sur son établi pour examiner son dernier projet : il essayait de rendre des pois plus dodus. Pas de chance cependant. Cette dernière expérience n'avait rien donné. Les gousses étaient non seulement toutes ridées, mais elles avaient jauni. Ce n'était pas très grave. Les grandes inventions n'étaient que le fruit de simples accidents, même si aucun scientifique n'était prêt à l'admettre, pensa-t-il en gloussant. À ce rythme-là, il allait bien finir par trouver un remède contre la goutte avant la fin de l'année...

Soudain, quelque chose attira son regard : un éclair rouge venait de zébrer la prairie. Phillip esquissa un sourire. Cela devait être Marina. Aussi surprenant que cela puisse paraître compte tenu de sa personnalité, son épouse adorait cette couleur.

Il l'observa s'enfoncer dans le taillis, puis se remit au travail. Marina ne s'aventurait guère hors de sa chambre à coucher, aussi se réjouit-il de la voir chercher la lumière du jour. Peut-être retrouverait-elle une certaine sérénité, l'espace de quelques heures. Peut-être consacrerait-elle quelques instants à ses enfants, qui ne voyaient leur mère que le soir, lorsqu'ils lui rendaient visite dans sa chambre. Ce n'était pas suffisant ; or, Phillip savait bien qu'il ne palliait en rien son absence. Rongé par la culpabilité, il poussa un profond soupir. Il avait beau se dire qu'il faisait de son mieux, qu'il avait au moins réussi à éviter de reproduire le comportement de son propre père, il ne se sentait pas à la hauteur.

Il quitta soudain son établi : ces semences pouvaient attendre. Ce n'était pas Nurse Millsby qui aurait dû emmener les enfants en promenade, mais lui, et lui seul. Cette pauvre femme ne savait pas distinguer un conifère d'un arbre à feuilles caduques et elle était fort capable de confondre une rose avec une simple pâquerette... Cela dit, il eut été surprenant qu'elle puisse dénicher la moindre fleur en plein mois de février.

Sur le seuil de la serre, Phillip conclut que, finalement, il devrait saisir cette occasion pour que les enfants goûtent un peu la compagnie de leur mère. Il fallait qu'il trouve Marina. Il se dirigea vers le taillis dans lequel il avait vu disparaître son épouse quelques instants plus tôt. Il ne lui faudrait pas longtemps pour la rattraper. Il serait de retour à la nurserie avant même que les enfants ne soient sortis. Mais comment deviner l'humeur de Marina ? Cette petite escapade solitaire ne signifiait pas non plus qu'elle allait bien, et il ne supportait pas que les enfants la voient dans cet état. Il aviserait le moment venu.

Phillip n'eut aucun mal à suivre la trace de Marina, qui portait sans doute de lourdes bottes car on voyait distinctement l'empreinte de ses pas sur le sol humide. Il les suivit jusqu'en bas d'une pente où débutait une plaine enherbée.

— Bon sang ! marmonna-t-il. Ses pas n'avaient laissé aucune marque dans l'herbe haute. Il mit sa main en visière pour scruter l'horizon, en quête d'un bout de tissu rouge. Il ne la voyait nulle part. Il se tourna vers le nord, et ses yeux s'étrécirent lorsqu'il l'aperçut enfin : Marina avait pris la direction du lac.

Le lac.

Phillip resta bouche bée comme hypnotisé par cette silhouette qui gagnait, lentement, la rive. Le temps semblait suspendu. Marina ne se baignait jamais. En réalité, il ignorait si elle savait même nager et ne l'avait jamais vue, en huit ans, se rendre dans cette partie du domaine. Sans réfléchir, il pressa le pas : elle s'approchait des hauts-fonds, mais il était encore trop loin pour pouvoir intervenir.

— Marina ! s'époumona Phillip, mais rien n'indiquait qu'elle l'ait entendu. Marina continua à progresser vers le centre du lac tandis qu'il tentait en vain de la rejoindre.

Marina finit par perdre pied et disparut soudain sous la surface argentée. Le spectre de sa cape flotta encore quelques instants avant d'être englouti à son tour dans les profondeurs du lac.

Phillip hurla encore son nom et manqua de se rompre le cou en dévalant la colline. Il eut juste la présence d'esprit d'ôter son manteau avant de se jeter dans l'eau glacée. Cela faisait moins d'une minute qu'elle avait disparu, mais chaque seconde la rapprochait d'une mort certaine. Il fallait qu'il la trouve. Maintenant.

Sir Phillip connaissait ce lac par cœur. Le poids de ses vêtements trempés semblait à peine freiner sa progression, et il lui suffit de quelques brasses puissantes pour atteindre l'endroit où avait sombré Marina.

Il allait la trouver. Oui, il fallait qu'il la sauve.

Il plongea, scrutant les profondeurs troubles du lac. Marina avait dû déplacer du sable en se débattant au fond de l'eau. Phillip était entouré d'un nuage de vase qui obscurcissait sa vue, quand il aperçut enfin une traînée rouge qui flottait tel un cerf-volant dans le ciel. Marina ne lui opposa aucune résistance lorsqu'il la hissa vers la surface : elle avait déjà perdu connaissance.

Ils émergèrent enfin, et Phillip avala une grande bouffée d'air pour emplir ses poumons enflammés. Il lui fallut plusieurs minutes pour reprendre son souffle. Puis il ramena Marina vers le rivage en prenant bien soin de lui maintenir la tête hors de l'eau. Après l'avoir déposée sur l'étroite bande de terre et de galets qui séparait la prairie des eaux, il chercha en vain à détecter la moindre expiration qui se serait échappée de ses lèvres blêmes.

Phillip ne savait que faire. Il n'aurait jamais cru devoir

un jour sauver qui que ce soit de la noyade. N'écoutant que son bon sens, il la hissa sur ses genoux pour lui administrer de grandes claques sur le dos. Marina ne réagit qu'au bout de la quatrième tentative et se mit à tousser. Il vit s'échapper de sa bouche un long filet d'eau mêlée de boue.

— Marina ? pressa-t-il en lui giflant le visage.

Elle toussa encore, le corps secoué de spasmes. Puis elle inspira enfin.

— Marina, susurra-il, soulagé. Dieu merci, tu es vivante.

Il ne l'aimait pas, ne l'avait jamais vraiment aimée, mais elle était sa femme, la mère de ses enfants et, en dépit du masque mélancolique accroché à son visage, elle possédait un cœur plein de bonté.

Marina cligna des yeux, le regard encore vague, avant de retrouver quelques repères.

— Non, murmura-t-elle.

— Marina, il faut que je retourne chercher de l'aide à la maison, répondit Phillip, furieux d'entendre une telle réponse.

— Non.

Comment osait-elle refuser ainsi son secours ? Allait-elle abandonner la vie juste parce qu'elle était triste ? Ses deux enfants ne comptaient-ils donc pas pour elle ?

— Très bien, je te ramène à la maison que tu le veuilles ou non, dit-il en la prenant dans ses bras sans grand ménagement.

Elle respirait à présent et avait manifestement retrouvé toutes ses facultés. Inutile de la traiter comme une fleur fragile.

— Non, sanglota-t-elle doucement. S'il te plaît... Non... Je ne veux pas... Vraiment...

— Tu rentres au manoir.

— Je ne peux pas, soupira-t-elle.

Tandis que Phillip transportait ce frêle fardeau sur ses épaules massives, il méditait sur ces dernières paroles.

« Je ne peux pas. »

Voilà qui résumait fort bien la vie de Marina.

À la nuit tombée, il devint manifeste que la fièvre allait réussir là où le lac avait échoué. Phillip avait ramené sa femme aussi vite qu'il avait pu. Mrs Hurley, sa gouvernante, l'avait débarrassée de ses vêtements glacés, puis elle s'était efforcée de la réchauffer tant bien que mal. Elle l'avait recouverte de l'édredon en duvet d'oie qui, huit ans plus tôt, avait constitué la pièce centrale de son trousseau.

— Que s'est-il passé ? avait demandé Mrs. Hurley en voyant Sir Phillip entrer dans la cuisine en titubant (il n'avait pas voulu emprunter l'entrée principale pour éviter que les enfants ne l'aperçoivent).

— Elle est tombée dans le lac.

Mrs Hurley lui adressa un regard tout à la fois dubitatif et compatissant. Elle avait compris. Elle travaillait pour les Crane depuis leur mariage et connaissait bien les humeurs de Marina.

Mrs Hurley avait invité Sir Phillip à quitter la chambre après avoir couché Marina. Il devait absolument se changer lui aussi. Il était néanmoins revenu au chevet de son épouse quelques instants plus tard et ne l'avait plus quittée, la veillant jour et nuit, rongé par le remords. Il ne s'était pas montré très présent ces dernières années : la compagnie de Marina avait quelque chose de si désespérant ! Pourtant, sa place de mari était d'être là, aux côtés de celle qu'il avait épousée, pour le meilleur et pour le pire. Phillip lui épongea le front et tenta de lui faire avaler un brouet tiède, dans un de ses rares moments de lucidité. Il l'encourageait à lutter, même s'il savait au fond de lui que le combat était vain.

Trois jours plus tard, Marina décédait.

Elle avait appelé la mort de ses vœux, mais face à la douleur de leurs jumeaux, c'était un bien maigre réconfort. Dire qu'ils venaient à peine d'avoir sept ans ! Sir Phillip tenta de leur expliquer la situation. Ils ne dirent pas grand-chose, mais ils n'eurent pas l'air surpris non plus, ce qui troubla beaucoup leur père.

— Je... Je suis navré, conclut-il. Il les aimait tant et pourtant, il s'en occupait si mal. À dire vrai, il ne savait pas comment s'y prendre. Comment allait-il combler l'absence de leur mère, à présent ?

— Vous n'y êtes pour rien, Père, déclara Oliver. Maman est tombée dans le lac, n'est-ce pas ? Vous ne l'avez pas poussée, que je sache ?

Phillip acquiesça.

— Est-ce qu'elle est plus heureuse maintenant ? demanda Amanda d'une voix douce.

— Oui, je le crois. Maintenant qu'elle est au paradis, elle vous regarde tout le temps.

Les jumeaux semblèrent réfléchir pendant quelques instants.

— Peut-être ne pleure-t-elle plus à présent.

Phillip sentit sa gorge se serrer en entendant l'hypothèse de son fils. Il n'avait jamais pensé que ses enfants avaient pu entendre les sanglots de Marina au fil des ans. Elle ne semblait sombrer dans les profondeurs du désespoir que tard dans la nuit et, si leur chambre se trouvait juste au-dessus de la sienne, il avait toujours cru qu'à une heure aussi avancée, ses enfants dormaient à poings fermés.

— Si elle est plus heureuse ainsi, je suis contente qu'elle nous ait quittés, ajouta Amanda.

— Elle ne nous a pas quittés, interrompit Oliver. Maman est morte.

— Non, elle nous a quittés !

— Cela revient au même, intervint Phillip. Ce qui compte, c'est que votre mère ait trouvé la paix.

Amanda et Oliver se turent un long moment, les yeux rivés au sol. Ils avaient l'air si petits sur ce lit bien trop haut pour eux. Comment Phillip ne l'avait-il pas remarqué plus tôt ? Et si jamais ils venaient à tomber pendant la nuit ? Était-il un père si abominable qu'il ne s'était même pas préoccupé de leur bien-être ? Mais peut-être se tracassait-il pour rien après tout. Ce n'était plus des bébés. Tant de questions... Phillip ferma les yeux et poussa un long soupir.

— Est-ce que vous allez partir en voyage ? demanda Amanda.

— Non, murmura-t-il en s'agenouillant près d'elle pour prendre ses menottes entre ses mains. Non, je ne partirai pas. Jamais, vous m'entendez, jamais je ne vous quitterai.

Phillip scrutait le verre de whisky qu'il venait de vider. C'était déjà le quatrième. Il ne parvenait pas à endiguer le flot d'images qui lui revenaient en mémoire. Le plongeon dans les eaux du lac, le moment où Mrs Hurley s'était tournée vers lui pour lui annoncer que Marina venait d'exhaler son dernier souffle, et puis surtout le désarroi et l'inquiétude qui transparaissaient dans le regard de ses enfants...

C'était insupportable.

Puisqu'il était incapable de s'en occuper seul, peut-être devrait-il songer à leur trouver une mère digne de ce nom. C'était bien trop tôt. Le travail de deuil restait à faire. Mais rien ne l'empêchait de se mettre en quête d'une nouvelle épouse.

Phillip se laissa choir dans son fauteuil. Il lui fallait quelqu'un à tout prix. Peu importe qu'elle fût belle, riche, spirituelle, qu'elle maîtrise une langue étrangère et sache monter à cheval. Il suffisait qu'elle respire la joie de vivre. Un sourire, ne serait-ce qu'un seul petit sourire quotidien... Voire même quelques éclats de rire... Bien entendu il fallait qu'elle aime les enfants, ou tout au moins qu'elle ait de tels dons d'actrice que les jumeaux ne pourraient jamais s'apercevoir de la supercherie. Était-ce vraiment trop demander ?

— Sir Phillip ?

Phillip leva les yeux, furieux de n'avoir point songé à fermer la porte de son bureau.

— Que voulez-vous donc, Miles ?

— Je vous apporte une lettre, Monsieur. Elle vient de Londres.

Phillip examina l'enveloppe : l'écriture était manifestement celle d'une femme. Il congédia Miles d'un signe de la tête avant d'en briser le sceau et d'en extraire un feuillet papier d'excellente qualité, épais qui plus est : l'expéditeur n'avait nul besoin d'économiser sur les frais de port. Il le retourna enfin et lut :

N°5, Bruton Street
London

Sir Phillip Crane,

Je vous écris pour vous présenter mes condoléances suite au décès de votre femme, ma bien-aimée cousine Marina. Notre dernière rencontre remonte à bien des années, mais je garde d'elle le plus tendre souvenir et je suis fort attristée d'apprendre la terrible nouvelle.

N'hésitez pas à m'écrire si je puis vous être d'une quelconque utilité en ces temps douloureux.

Bien à vous,
Mademoiselle Eloise Bridgerton

Phillip se frotta les yeux. Bridgerton… Bridgerton ? Marina avait donc des cousins Bridgerton ? Il soupira, puis, sans vraiment y penser, il s'empara de sa plus belle plume. Il avait déjà reçu plusieurs témoignages de sympathie depuis la mort de son épouse, mais la plupart de ses amis, tout comme les membres de sa famille, l'avaient oubliée depuis son mariage semblait-il. Rien de surprenant à cela : Marina s'était retirée du monde.

Mademoiselle Bridgerton méritait qu'il lui réponde comme le voulait l'usage. Tout au moins, c'est ce que lui dictait le bon sens. Phillip prit une grande inspiration et se mit à l'ouvrage.

CHAPITRE UN

Mai 1824
Quelque part entre Londres et le Gloucestershire.
Nous sommes au milieu de la nuit.

Chère Mademoiselle Bridgerton,

Je vous remercie pour votre gentille lettre de condoléances. C'est très attentionné à vous d'écrire à un gentleman que vous n'avez jamais rencontré. Veuillez recevoir cette fleur séchée en signe de ma gratitude. Ce n'est qu'un simple lychnis rouge (Silene dioica), mais il illumine les champs du Gloucestershire. Il a fleuri très tôt cette année. C'était la fleur sauvage préférée de Marina.

Cordialement,
Sir Phillip Crane

Eloise Bridgerton lissa la lettre qu'elle avait lue et relue. La lumière était faible malgré la pleine lune qui brillait derrière les vitres de la calèche, mais cela n'avait que peu d'importance car Eloise avait déjà appris la lettre par cœur. Elle avait rangé la délicate fleur séchée, plus rose que rouge en vérité, entre les pages d'un livre qu'elle avait subtilisé dans la bibliothèque de son frère.

Eloise n'avait pas été surprise de recevoir une réponse de Sir Phillip. Voilà qui était conforme aux bonnes manières, même si sa mère, sans doute l'arbitre suprême en matière d'étiquette, lui reprochait de prendre sa correspondance un peu trop au sérieux.

Il était d'usage pour des demoiselles de son rang de consacrer plusieurs heures par semaine à leurs devoirs épistolaires. Mais Eloise avait, depuis longtemps, pris l'habitude de s'y adonner quotidiennement. Elle adorait envoyer des notes aux gens qu'elle n'avait pas vus depuis des lustres, aimant à s'imaginer leur surprise en décachetant sa lettre, et ne manquait pas la moindre occasion d'une nouvelle missive.

Chacun de ses correspondants lui adressait bien entendu une courte réponse en retour. Après tout, c'était une Bridgerton, et personne n'aurait voulu offenser un membre d'une famille aussi éminente que la sienne. Cependant, on ne lui avait jamais envoyé pareil cadeau, même s'il ne s'agissait que d'une fleur séchée.

La réponse de Sir Phillip l'avait intriguée. Eloise ferma les yeux, et se mit à songer à la paume virile qui avait recueilli ces fragiles pétales roses. Sir Phillip devait être un homme d'une infinie délicatesse car aucune efflorescence n'aurait survécu bien longtemps dans la main de l'un des quatre frères Bridgeston. Et que signifiait cette référence en latin ? Elle avait donc immédiatement repris sa plume.

Cher Sir Phillip,

Veuillez recevoir tous mes remerciements pour cette charmante fleur séchée. Quelle délicieuse surprise que de découvrir ce présent au fond de l'enveloppe. C'est un souvenir précieux de cette chère Marina.

Je n'ai pu m'empêcher de remarquer l'aisance avec laquelle vous aviez cité le nom savant de cette fleur. Êtes-vous botaniste ?

Amitiés,
Eloise Bridgerton

En terminant ainsi sa lettre par une question, Eloise obligeait ce pauvre homme à lui répondre.

Chère Mademoiselle Bridgerton,

*J'ai en effet étudié la botanique à Cambridge, mais je n'appartiens à aucun cercle universitaire ou scientifique. Je mène des expériences à **R**omney Hall, dans ma propre serre.*
Partagez-vous également mon goût pour la science ?

Amitiés,
Sir Phillip Crane.

Il y avait quelque chose de terriblement excitant dans cette correspondance. Peut-être était-ce parce qu'Eloise avait trouvé quelqu'un qui semblait partager ses inclinations épistolaires. Quoi qu'il en soit, elle répondit sans tarder.

Cher Sir Phillip,

Mon Dieu, non, je ne suis pas versée dans les sciences, même si je suis assez forte en calcul mental. Je m'intéresse plus volontiers aux arts et lettres. Vous avez dû remarquer que j'aime beaucoup écrire.

Amicalement vôtre,
Eloise Bridgerton.

Eloise avait eu quelques hésitations avant de signer de manière aussi informelle, mais au final, elle avait opté pour la témérité. Sir Phillip appréciait cette correspondance autant qu'elle, c'était manifeste. Le cas échéant, pourquoi aurait-il conclu sa précédente missive par une question?

Ma chère Mademoiselle Bridgerton,

Ah, nous voici donc devenus amis pour ainsi dire, n'est-ce pas? Je dois avouer que je me sens bien seul à la campagne et, faute de pouvoir contempler un visage souriant chaque matin, peut-être m'est-il au moins permis de recevoir une lettre amicale?

J'ai glissé dans cette enveloppe une autre fleur que je vous offre. Il s'agit d'un Geranium pratense, *ou géranium des prés.*

Affectueusement,
Phillip Crane.

Eloise se souvenait bien de cette journée. Elle avait admiré cette fleur violette assise à la fenêtre de sa chambre. Se pouvait-il qu'il lui fasse la cour?

Puis, un beau jour, elle reçut une note d'une tout autre nature.

Ma chère Mademoiselle Bridgerton,

Cela fait déjà bien longtemps que nous correspondons l'un avec l'autre, et même si nous n'avons jamais été officiellement présentés, j'ai l'impression de vous connaître. J'espère que vous partagez ce sentiment.

Pardonnez-moi si je me montre un peu trop cavalier, mais je vous écris pour vous inviter à me rendre visite, ici, à Romney Hall. Je caresse l'espoir que nous découvrirons ainsi que nous sommes faits l'un pour l'autre, et que vous consentirez à devenir mon épouse.

Vous bénéficierez bien entendu de la présence d'une chaperonne. Si vous acceptez cette invitation, je projette de convier ma tante, actuellement en veuvage, à séjourner à Romney Hall.

J'espère sincèrement que vous considérerez mon offre.

Votre dévoué serviteur,
Phillip Crane.

Eloise s'était empressée de ranger cette lettre dans sa commode. Comment pouvait-il envisager d'épouser quelqu'un qu'il ne connaissait même pas ?

Pour être honnête, ce n'était pas tout à fait vrai. Ils échangeaient des lettres depuis plus d'un an déjà et ils avaient partagé bien plus que la plupart des couples mariés depuis des lustres. Et pourtant, ils ne s'étaient jamais rencontrés.

Eloise repensa à toutes les demandes en mariage qu'elle avait déclinées tout au long de ces années. Six, au bas mot. À présent elle était bien incapable de se souvenir des raisons qui l'avaient poussée à agir de la sorte. Peut-être ces prétendants n'étaient-ils tout simplement pas…

Parfaits ? Était-ce trop demander ?

Eloise secoua la tête. Voilà qu'elle se comportait comme une sotte, une véritable enfant gâtée. Nul besoin de perfection. Il lui fallait juste un homme avec lequel elle s'accorderait à merveille.

Elle savait bien ce que les matrones de la bonne société racontaient à son sujet. Elle se montrait bien trop exigeante, ridicule. Elle finirait vieille fille. Non, ce n'était plus le propos. Elle était déjà vieille fille. Personne ne pouvait prétendre atteindre l'âge avancé de vingt-huit ans sans faire jaser dans les salons. Certaines ne se privaient d'ailleurs pas de le lui dire en face.

En réalité, Eloise ne se souciait guère de sa situation. Elle n'avait jamais envisagé de finir ses jours dans la solitude, et puis, elle appréciait sa vie telle qu'elle était. Elle avait une famille merveilleuse : sept frères et sœurs au total, prénommés dans l'ordre des lettres de l'alphabet, ce qui la plaçait pile au milieu de sa fratrie. Sa mère se montrait plus que compréhensive et avait même cessé de la harceler avec le projet d'un éventuel mariage. Dans la bonne société londonienne, tout le monde adorait et respectait les Bridgerton. Eloise se montrait toujours radieuse et enjouée et, toute vieille fille qu'elle fût, on recherchait activement sa compagnie.

Mais ces derniers temps…

Ces derniers temps, elle avait quelque peu perdu son entrain. Et si ces vieilles grincheuses avaient raison ? Un mariage fondé sur le respect mutuel valait sans doute mieux que le célibat. L'impossible avait en effet fini par arriver. Pénélope Featherington, sa meilleure amie depuis près de douze ans, avait trouvé l'homme de ses rêves. C'est ainsi qu'elle avait épousé Colin Bridgerton, son propre frère cadet ! Eloise crut alors que le ciel lui était tombé sur la tête.

Elle était sincèrement ravie pour Pénélope et Colin. Elle les adorait tous les deux et se réjouissait de leur bonheur mérité. Mais leur mariage n'en laissait pas moins un grand vide dans sa vie. Elle comprenait à présent qu'elle n'avait jamais envisagé sa vie de célibataire en l'absence de Pénélope. Non pas qu'elle ait souhaité que son amie reste à jamais seule, mais, après tout, les gentlemen de la bonne société paraissaient ne jamais la remarquer. Pénélope n'avait pas reçu la moindre demande en mariage. Pire encore, Eloise ne s'était jamais préoccupée de savoir comment aurait réagi son amie si d'aventure elle s'était mariée la première. Et c'était elle qui se retrouvait toute seule maintenant.

Or, Eloise ne pouvait se confier à quiconque. Sa mère avait passé tant d'années à essayer de la convaincre. Inutile de solliciter l'aide de ses frères. Anthony, l'aîné de la fratrie, se serait sans doute mis en quête d'un époux adéquat, puis, une fois la victime trouvée, il aurait persécuté ce pauvre homme jusqu'à ce qu'ils convolent en justes noces. Benedict était bien trop rêveur. De toute façon, il ne venait guère plus à Londres, préférant le calme de la campagne. Quant à Colin, c'était encore une autre histoire !

Eloise aurait sans doute dû s'entretenir avec Daphné, mais chaque fois qu'elle lui avait rendu visite, sa sœur aînée semblait si comblée qu'elle voyait mal comment elle aurait pu lui donner quelque conseil que ce soit. Entourée de ses quatre enfants, et nageant dans le bonheur de l'amour conjugal, comment Daphné aurait-elle pu comprendre la situation dans laquelle se trouvait sa cadette ? Francesca était à l'autre bout du monde, maintenant qu'elle résidait en Écosse. Par ailleurs, il semblait inopportun de s'adresser à elle, alors qu'elle venait de perdre son mari à l'âge de vingt-trois ans à peine.

Nul doute que ce fût précisément pour cela que sa correspondance avec Sir Phillip avait peu à peu pris l'allure d'un plaisir coupable. Les Bridgerton formaient une grande famille turbulente dans laquelle il était presque impossible de préserver un secret. On pouvait toujours compter sur la plus jeune des sœurs, Hyacinthe, pour éventer la moindre cachotterie. Si Sa Majesté avait songé à l'enrôler parmi ses espions, les armées de Napoléon auraient été défaites en deux temps trois mouvements. Mais Sir Phillip n'appartenait qu'à elle : Eloise n'en avait soufflé mot à quiconque. Elle dissimulait ses missives au fond du tiroir de son bureau, sous des piles de feuilles blanches. C'était son jardin secret, qu'elle avait modelé au gré de son imagination, puisant son inspiration dans les lettres de son prétendant. S'il existait un homme sans défaut, ce ne pouvait être que lui.

Mais voilà qu'il souhaitait la rencontrer ? La rencontrer ? Avait-il perdu la tête ? Fallait-il ruiner à présent cette cour si parfaitement menée ?

L'invitation quelque peu cavalière de Sir Phillip n'en était pas moins intrigante et Eloise commença peu à peu à se languir de connaître ce mystérieux correspondant. Lorsqu'un beau jour, alors qu'elle était partie rendre visite à Pénélope pour s'entendre répondre par le majordome que Monsieur et Madame Bridgerton n'étaient pas en mesure de la recevoir (la nature du commerce qui les occupait alors ne faisait guère de doute et, aussi inexpérimentée soit-elle en la matière, elle n'en était pas moins capable de saisir l'allusion), Eloise se décida enfin. Il fallait qu'elle prenne les choses en main au lieu d'attendre l'homme idéal, bal après bal, quand bien même elle aurait déjà fait le tour de tous les prétendants en âge de l'épouser…

Ce qui ne signifiait pas qu'elle devait épouser Sir Phillip. Après tout, elle ne lui avait rien promis. Cependant, elle était bien déterminée à accepter l'invitation. Elle savait d'ores et déjà que sa famille n'approuverait guère pareille entreprise. D'autant que ce pauvre Sir Phillip, de son propre aveu, n'avait pas mis les pieds à Londres depuis ses années de collège, et encore moins participé aux soirées mondaines. Il ne lui restait plus qu'une solution : s'échapper en secret pour le rejoindre dans le Gloucestershire. La jeune femme ne tenait pas à mener une longue et pénible bataille pour convaincre sa famille de la laisser partir. Si jamais elle venait à remporter la victoire, ils insisteraient forcément pour qu'au moins deux des siens l'accompagnent. Eloise frémit à cette pensée : tout portait à croire que Hyacinthe et sa mère seraient du voyage. Comment pouvait-elle espérer tomber amoureuse sous l'œil critique de sa jeune sœur, sans parler de la présence ô combien embarrassante de Violette Bridgerton ?

Eloise résolut donc de s'échapper pendant le bal de sa sœur Daphné. Il devait y avoir de nombreux invités. Le bruit et la confusion seraient tels que son absence pourrait passer inaperçue pendant au moins six heures, voire plus, qui sait ? Violette Bridgerton avait toujours insisté sur la ponctualité, notamment lorsqu'un membre de la famille donnait une réception. De fait, ils arriveraient chez Daphné à huit heures au plus tard. Le bal se prolongerait sans doute jusqu'à l'aube, ce qui donnerait à Eloise tout le loisir de prendre la fuite. Lorsqu'on s'apercevrait de son absence, elle serait déjà à mi-chemin, ou tout au moins assez loin pour qu'on ne puisse suivre sa trace.

Ce fut si facile ! Toute la famille était préoccupée par l'annonce solennelle que devait faire Colin. Il lui avait donc suffi de s'éclipser en prétextant qu'elle avait besoin de se rafraîchir un peu, et elle s'était enfuie par la porte de derrière, avant de rejoindre sa propre demeure où se trouvaient ses affaires, bien cachées au fond du jardin,

Une calèche l'attendait au coin de la rue. Mon Dieu! Si seulement elle avait su plus tôt qu'il était si simple de fuguer, elle n'aurait pas attendu tout ce temps.

Voilà qu'elle roulait à présent vers son destin en direction du Gloucestershire, avec pour tout bagage quelques tenues et une pile de lettres écrites par un inconnu dont elle espérait tomber amoureuse. C'était tellement palpitant! C'était sans doute la décision la plus téméraire de sa vie, mais peut-être le bonheur l'attendait-il au terme de ce périple. Elle se laissait emporter par son imagination alors qu'elle devait aborder cette aventure avec pragmatisme et raison. Car, à bien y réfléchir, c'était terrifiant: Que savait-elle de cet homme après tout?

Il avait trente ans.

Il avait étudié la botanique à Cambridge.

À l'âge de vingt et un ans, il avait épousé Marina, cousine au quatrième degré des enfants Bridgerton.

Il était brun.

Il avait encore toutes ses dents.

C'était un baronnet.

Il habitait Romney Hall, vaste demeure en pierre, qui datait du VIIIe siècle, et se trouvait non loin de Tetbury.

Il appréciait la lecture des traités scientifiques et des recueils de poésie, mais n'aimait guère les romans, ni les ouvrages de philosophie.

Il aimait la pluie.

Sa couleur préférée était le vert.

Il n'avait jamais voyagé hors d'Angleterre.

Il n'aimait pas le poisson.

Eloise réprima un fou rire. Il n'aimait pas le poisson? C'est tout ce qu'elle savait de lui?

— À n'en pas douter, voilà une base solide sur laquelle asseoir une union, marmonna-t-elle.

Quant à lui, que savait-il d'elle ? Pourquoi adresser une telle demande à une parfaite inconnue ?

Eloise tenta de se remémorer les lettres qu'elle lui avait envoyées.

Elle avait vingt-huit ans.

Elle avait les cheveux bruns (couleur châtaigne en vérité) et toutes ses dents.

Elle avait les yeux gris.

Elle avait une grande famille aimante.

Son frère était vicomte.

Son père avait succombé à la piqûre d'une abeille alors qu'elle était encore enfant.

Elle avait tendance à beaucoup trop parler (mon Dieu, comment avait-elle pu écrire pareille chose ?).

Elle aimait la poésie et les romans, mais certainement pas les traités scientifiques ni les ouvrages de philosophie.

Elle s'était rendue en Écosse, mais c'était tout.

Sa couleur préférée était le violet.

Elle n'aimait pas le mouton, et exécrait le boudin.

Quel beau parti en effet... Malgré son esprit sarcastique, Eloise peinait à contenir sa nervosité. Dans sa hâte, elle avait quitté Londres sans même avertir Sir Phillip de son arrivée imminente. Non qu'elle eût omis de le faire, mais elle avait repoussé cette tâche jusqu'au dernier moment, pour ne pas s'engager, se disait-elle. La vérité était tout autre : Eloise était terrifiée et craignait de perdre courage en cours de route.

Mais après tout, l'invitation n'émanait-elle pas de lui ? Il serait forcément ravi de la rencontrer.

Phillip s'extirpa de son lit et ouvrit les draperies de sa chambre. Dehors l'attendait une autre de ces journées ensoleillées de triste mémoire. Il s'habilla seul dans son dressing. Il avait congédié ses domestiques. Depuis le décès de Marina, il ne souffrait plus de voir quiconque en matinée.

Phillip s'était même séparé de Miles Carter, pourtant si amical à son égard. Mais la présence de son jeune secrétaire accentuait encore plus son malaise. Il l'avait donc renvoyé avec une magnifique lettre de recommandation et six mois d'avance sur sa paye. Phillip avait passé toutes ces années à chercher quelqu'un à qui parler mais, maintenant que Marina n'était plus là, il voulait rester seul.

Phillip s'en était certes ouvert à la mystérieuse Eloise Bridgerton à qui il avait envoyé sa déclaration un mois plus tôt, mais sa lettre était demeurée sans réponse. D'ordinaire, elle reprenait pourtant sa plume sans tarder. Tout compte fait, Eloise Bridgerton n'était pas si exceptionnelle. Elle semblait cordiale, honnête et surtout d'un tempérament solaire… Cela même qu'il recherchait chez sa future épouse.

Phillip enfila une chemise de travail : il projetait de passer la journée dans sa serre. Il était assez déçu que Mademoiselle Bridgerton ait ainsi décrété qu'il n'était qu'un pauvre fou infréquentable. Elle semblait pourtant incarner l'être idéal qui pourrait soulager tous ses maux. Amanda et Oliver avaient besoin d'une mère, mais ils étaient devenus tellement incontrôlables qu'il se demandait quelle sorte de femme accepterait de s'en occuper jusqu'à leur majorité.

Mademoiselle Bridgerton était âgée de vingt-huit ans. Elle figurait donc en bonne place parmi les vieilles filles. Pourquoi correspondre une année durant avec un parfait inconnu, si elle n'était pas quelque peu désespérée ? N'apprécierait-elle pas de pouvoir enfin trouver un mari ? Il possédait un manoir, une fortune respectable, et n'avait pas plus de trente ans. Que pouvait-elle espérer de plus ?

BOUM !

Phillip leva les yeux vers le plafond en grimaçant. Romney Hall était une vieille demeure, solide et fort bien bâtie. Les enfants devaient avoir renversé quelque objet, fort lourd à n'en pas douter.

BOUM !

Cette fois-ci, le bruit était encore plus assourdissant. La nourrice aurait-elle perdu l'esprit ? D'ordinaire, elle réussissait à leur faire entendre raison bien mieux que lui-même.

Sir Phillip s'habilla en un éclair, bien décidé à sortir de la maison avant qu'ils n'aient commis d'autres dégâts et à prétendre n'avoir rien entendu du tout.

— Sir Phillip ! Sir Phillip !

Bon sang ! Voilà que son majordome le poursuivait, maintenant.

Phillip fit la sourde oreille, mais pressa néanmoins le pas vers la sortie.

— Sir Phillip !

— Que le diable l'emporte, murmura-t-il. Oui, qu'y a-t-il, Gunning ?

— Sir Phillip ! Sir Phillip, vous avez de la visite.

— De la visite ? Ce bruit proviendrait-il de…

— Non. Il s'agit bien de vos enfants.

— Je vois. Comment aurait-il pu en être autrement ?

— Je ne pense pas qu'ils aient cassé quoi que ce soit.

— Pour une fois. Quel soulagement !

— Certes, Monsieur, mais cette visite…

Qui cela pouvait-il bien être ? Même à des heures plus raisonnables, personne ne venait jamais frapper à sa porte.

— Il fut un temps où nous avions des visiteurs, mais peut-être cela vous a-t-il échappé, Monsieur ?

C'était là tout le problème lorsqu'il fallait traiter avec des majordomes qui avaient travaillé au service de la famille depuis toujours. Gunning l'avait vu naître et ne lui épargnait aucun sarcasme.

— De qui s'agit-il ?

— Je ne m'en suis pas enquis auprès de l'intéressée, voyez-vous.

— Mais n'est-ce pas la nature même de votre emploi ?

— De s'enquérir, Monsieur ?

— En effet.

— J'ai cru bon de vous laisser officier vous-même. Après tout, cette demoiselle est ici pour vous voir.

— Comme tous nos autres visiteurs, ce qui ne vous a jamais empêché de leur demander de bien vouloir décliner leur identité, que je sache.

— Eh bien, Monsieur, c'est-à-dire que...

— J'en suis certain... s'exclama Sir Phillip, tentant en vain de couper court à cette conversation.

— Personne ne nous rend visite.

— Fort bien, Gunning. Je descends.

— Parfait, Monsieur, répondit Gunning, radieux.

— Un léger malaise, Gunning ?

— Pas du tout, Monsieur ? Pourquoi cette question, Monsieur ?

— Rien, rien, Gunning, conclut Sir Phillip, qui, magnanime, se dispensa de lui faire remarquer que son sourire lui donnait un air chevalin des plus cocasses.

De qui s'agissait-t-il ? Depuis que les voisins avaient terminé leurs visites de condoléances, cela faisait bien une année que personne n'avait daigné frapper à sa porte. Phillip ne pouvait les en blâmer. La dernière fois que l'un d'eux lui avait rendu visite, Oliver et Amanda avait barbouillé les chaises de confiture de fraises. Lady Winslet avait quitté les lieux dans une colère noire en jurant que jamais, ô grand jamais, elle ne remettrait les pieds dans cette maison.

Phillip s'arrêta net en bas des marches. Devant la porte d'entrée se tenait une jeune femme aux yeux couleur ciel d'orage d'une extraordinaire beauté. Il s'y serait volontiers noyé pour l'éternité…

CHAPITRE DEUX

... Et puis, tu ne seras pas surpris de lire que je me suis montrée bien trop bavarde. Impossible de m'arrêter. La nervosité sans doute. Espérons que la suite des événements sera un peu plus calme.

(Eloise Bridgerton à son frère Colin à l'occasion de ses premiers pas dans la bonne société londonienne.)

— Sir Phillip? demanda Eloise qui, sans attendre sa réponse, ajouta :

Je suis sincèrement navrée d'arriver ainsi à l'improviste, mais je n'avais pas d'autre choix, et pour tout dire, quand bien même je vous aurais envoyé une note, elle vous serait probablement parvenue bien après moi...

Phillip était bien incapable de glisser ne serait-ce qu'un seul mot dans le flot ininterrompu de paroles qui suivit. Il contemplait Eloise en clignant des yeux. Elle lui donnait le tournis. Aurait-il été inconvenant de s'asseoir ?...

— ... Un long voyage, et puis je n'ai pas dormi de la nuit... Veuillez pardonner mon apparence...

S'arrêterait-elle jamais de parler ? S'il la laissait continuer ainsi, soit il perdrait l'ouïe, soit elle se laisserait choir sur le sol, à bout de souffle.

— Madame ? risqua-t-il en s'éclaircissant la voix.

Mais Eloise continuait de plus belle.

— Madame, reprit-il d'une voix forte.

— Oui?

— Euh… À qui ai-je l'honneur?

— Mais… Eloise Bridgerton, qui d'autre? répondit-elle quelque peu décontenancée.

— Eloise Bridgerton? Vous êtes Eloise Bridgerton?

— Évidemment. Qui d'autre voulez-vous que je sois?

— Jamais je n'aurais imaginé que…

— Dois-je vous rappeler que vous m'avez conviée?

— Vous n'avez jamais répondu!

— Je n'en ai guère eu le loisir, comme je viens de vous l'expliquer.

— Voilà qui aura dû m'échapper. Pour être honnête, j'avoue n'avoir rien compris à votre histoire.

— Vous n'écoutiez donc pas?

— J'ai pourtant essayé.

— Fort bien, rétorqua-t-elle d'un air pincé. Toutes mes excuses, Monsieur. Je suis navrée de ne pas vous avoir prévenu de mon arrivée.

— Je vous pardonne… Et j'ajoute que je suis ravi de vous rencontrer enfin.

Sir Phillip n'avait guère l'air convaincu, ce qui ne manqua pas de plonger Eloise dans un embarras certain. Elle ne savait plus que dire. Par chance, il rompit ce silence pesant en lui adressant la question suivante :

— Sont-ce là tous vos bagages?

— Oui. Je n'ai pas vraiment…

Eloise n'acheva pas sa phrase. Était-il vraiment nécessaire de lui faire part de sa fugue nocturne? Elle avait la quasi-certitude que, s'il venait à apprendre la vérité, il ne manquerait pas de la renvoyer à Londres par la première diligence. Bien que sa rencontre avec Sir

Phillip ne fût pas à la hauteur de son imagination romantique, Eloise n'était pas prête à abandonner si vite.

— C'est tout ce que j'ai apporté.

— Bien. Je, euh... Gunning ! beugla-t-il enfin.

— Oui, Monsieur désire ? répondit sans attendre le majordome, car il devait être en train d'écouter derrière la porte.

— Nous... euh... Préparez une chambre pour Mademoiselle Bridgerton.

— C'est chose faite.

— Bien, répondit Sir Phillip quelque peu rougissant. Notre hôte restera parmi nous...

— Une quinzaine de jours, compléta Eloise.

— Une quinzaine de jours, reprit Sir Phillip comme si de rien n'était.

— Je compte sur vous pour veiller à ce que Mademoiselle...

— ... Bridgerton...

— ... passe un agréable séjour.

— Bien entendu, Monsieur.

Eloise était désappointée. Elle avait imaginé un homme charmant, semblable à son frère Colin, au sourire ravageur et à l'esprit d'à-propos. Sir Phillip semblait plutôt gauche, et Eloise commençait à douter qu'il puisse faire un mari acceptable. Peut-être valait-il mieux ne pas se fier à ses premières impressions.

— Vous aimeriez peut-être vous asseoir ?

— Ce serait en effet fort plaisant, merci.

— Par ici, je vous prie, ajouta-t-il après un temps d'hésitation en indiquant le salon de réception, comme s'il ne connaissait pas sa propre demeure.

Gunning toussota, et Sir Phillip lui lança un regard réprobateur.

— Monsieur avait sans doute l'intention de commander des rafraîchissements ? demanda le majordome avec sollicitude.

— Euh, oui, bien sûr, bien sûr...

— Du thé, peut-être ? Accompagné de quelques muffins ?

— Excellent, Gunning.

— Si Mademoiselle Bridgerton le désire, je puis faire préparer un petit-déjeuner plus complet.

— Des muffins iront très bien, merci, Monsieur, répliqua Eloise bien qu'elle fût affamée.

Eloise se laissa conduire jusqu'au salon où elle prit place sur un sofa recouvert d'une toile de satin bleu à rayures. L'intérieur de cette demeure semblait quelque peu négligé, comme si son propriétaire était à court d'argent, ce qui n'était pourtant pas le cas. Il était manifeste que Sir Phillip avait besoin d'une femme, se dit Eloise en l'observant alors qu'il tentait de se caler tant bien que mal dans un fauteuil bien trop étroit pour un homme de sa carrure. Eloise lui adressa un sourire poli, pour l'encourager à entamer enfin la conversation.

— Désirez-vous du thé ? s'enquit la jeune femme, n'y tenant plus.

— Oui, merci.

— Eh bien je ne doute pas qu'on nous l'apporte bientôt, répondit-elle quelque peu embarrassée – elle n'était pas chez elle et n'avait en aucune façon à se préoccuper du thé. Permettez-moi de vous présenter à nouveau toutes mes excuses pour cette visite inopportune.

— Rassurez-vous, vous êtes la bienvenue ici. J'étais simplement...

— Surpris ?

— Oui.

— On le serait à moins. J'aurais dû y penser avant, et croyez bien que je suis navrée…

— Quelle belle journée, vous ne trouvez pas ? l'interrompit Sir Phillip, désireux de changer de sujet.

— En effet.

— J'imagine qu'il pleuvra à la tombée de la nuit malgré tout.

Eloise ne savait que répondre, et elle se contenta donc d'acquiescer tout en le dévisageant alors qu'il avait encore les yeux tournés vers la fenêtre. Il était bien plus grand qu'elle ne l'avait imaginé, plus rude, moins urbain. Elle le voyait plus élancé, peut-être un peu moins musclé. Vêtu de ce pantalon et de cette chemise en grosse toile, sans cravate, il avait l'air d'un jardinier. Eloise l'avait rêvé châtain clair, car c'est ainsi qu'elle se représentait les poètes. Sir Phillip avait les cheveux aussi noirs que ses yeux insondables.

— Vous avez voyagé toute la nuit ?

— En effet.

— Vous devez être épuisée.

— Vous dire le contraire serait mentir.

— Aimeriez-vous vous reposer ?

— Permettez-moi d'abord de goûter une petite collation. J'abuserais bien volontiers de votre hospitalité ensuite.

— Avez-vous fait bon voyage ?

— Fort bon, merci. Mais, dites-moi, vous avez une bien jolie demeure. Et vous possédez un terrain magnifique, s'empressa-t-elle d'ajouter devant l'air incrédule de Sir Phillip.

Qui aurait cru qu'il avait conscience du piteux état de son ameublement ? Les hommes ne remarquaient jamais ce genre de choses.

— Merci. Je suis botaniste, comme vous le savez, je passe donc le plus clair de mon temps à l'extérieur.

— Comptiez-vous travailler dehors aujourd'hui? Auquel cas, je suis confuse d'avoir contrarié vos projets.

— Ce n'est rien, je vous assure.

— Mais...

— Inutile de vous excuser à nouveau, interrompit-il brusquement.

S'ensuivit un long silence pesant. Ils avaient tous deux les yeux rivés sur la porte du salon, guettant l'entrée de leur sauveur, un plateau à la main. Mais Gunning tardait. Pendant ce temps, Eloise et Phillip pianotaient sur l'accoudoir de leurs fauteuils respectifs. Alors qu'Eloise s'apprêtait enfin à parler, un cri strident retentit dans toute la maison et la fit tressaillir.

— Qu'était-ce que ce...

— Mes enfants, répondit Sir Phillip dans un soupir.

— Vous avez des enfants?

— Évidemment.

— Vous ne m'avez jamais dit que vous aviez des enfants!

— Cela vous pose-t-il un problème?

— Bien sûr que non, voyons. J'adore les enfants et je ne compte plus mes neveux et mes nièces! Je suis d'ailleurs leur tante préférée... Cela n'excuse pas le fait que vous n'en ayez jamais fait mention.

— C'est impossible. Vous avez dû négliger ce détail.

— Certainement pas, rétorqua-t-elle d'un ton hautain, ce n'est pas le genre de choses que j'aurais pu oublier. Je puis d'ailleurs vous le prouver sur le champ.

Sir Phillip croisa les bras et lança un regard incrédule à Eloise qui se dirigeait déjà vers la porte d'un pas décidé.

— Où est ma valise?

— Là où vous l'avez laissée, j'imagine, répondit-il un brin condescendant. Ou peut-être l'a-t-on déjà apportée dans votre chambre. Mes domestiques sont moins inattentifs qu'ils ne le paraissent.

— J'ai en ma possession chacune de vos missives, et je puis vous assurer que pas une seule fois vous n'avez fait allusion à vos enfants.

— Auriez-vous conservé toutes mes lettres ?

— Évidemment. Ne faites-vous donc pas de même ?

— Eh bien...

— Comment cela ? C'est donc bien vrai ! Vous les avez jetées !

Phillip n'avait jamais compris les femmes et était même prêt à faire fi de toutes ses connaissances scientifiques pour affirmer qu'elles appartenaient à une autre espèce. Non, il ne savait pas comment leur parler, ce qu'il admettait bien volontiers. Or, cette fois-ci, il était bien conscient d'avoir commis un irréparable impair.

— J'ai bien dû en garder quelques-unes... Si ce n'est la plupart, s'empressa-t-il d'ajouter en voyant se serrer la mâchoire d'Eloise, au bord de la révolte. Quant à lui, il était sur le point de découvrir que la jeune fille ne manquait pas de détermination, bien au contraire.

— Rassurez-vous, je ne les ai pas brûlées. C'est juste que je ne sais plus très bien où je les ai remisées.

Eloise contint peu à peu sa colère.

— Fort bien, tout cela n'a guère d'importance, dit-elle enfin sans grande conviction, quand un cri retentit à nouveau, suivi par un bruit de chute. On aurait dit qu'on venait de renverser un meuble. Eloise leva les yeux vers le plafond comme si elle s'attendait à voir tomber des miettes de plâtre d'une minute à l'autre.

— Ne devriez-vous pas monter les voir ?

En effet, c'est ce qu'il aurait dû faire, mais Dieu sait s'il rechignait à la tâche. Lorsque les jumeaux se déchaînaient, personne ne parvenait à les maîtriser. Il préférait donc les laisser s'amuser jusqu'à ce qu'ils tombent d'épuisement. Ce n'était probablement pas la meilleure marche à suivre, mais cela faisait bien six mois qu'il avait déclaré forfait.

— Sir Phillip?

— Vous avez raison, bien sûr. Si vous voulez bien m'excuser, ajouta-t-il en quittant la pièce.

Il serait fort mal à propos de passer pour un père indigne aux yeux de Mademoiselle Bridgerton alors qu'il tentait de la séduire afin qu'elle adopte ses deux garnements! Ils avaient grand besoin qu'une femme les reprenne en main avant qu'ils n'aient semé la zizanie dans toute la demeure. Il avait tous ses espoirs en Eloise qui s'acquitterait de cette tâche bien mieux que lui. Mon Dieu, si seulement elle pouvait leur inculquer le respect, il ne manquerait pas de baiser le sol sur lequel elle marchait, trois fois par jour, au bas mot.

— Oliver! Amanda! hurla-t-il depuis le hall avant de gravir les marches qui menaient à l'étage.

Deux têtes passèrent à travers la rambarde, sans manifester la moindre crainte vis-à-vis de leur père.

— Qu'est-ce que c'est que ce chahut?

— Qu'est-ce que c'est que ce chahut? reprit Oliver avec insolence.

— Pourquoi tous ces cris? poursuivit Sir Phillip.

— C'était Amanda.

— Et pourquoi Amanda hurlait-elle ainsi?

— À cause d'une grenouille, expliqua-t-elle.

— Une grenouille?

— Oui. Dans mon lit.

— Je vois, dit Phillip. Avez-vous la moindre idée de la façon dont elle s'est logée là ?

— C'est moi qui l'y ai mise, rétorqua Amanda.

— Peut-on savoir pourquoi ?

— J'en avais envie, répondit-elle en haussant les épaules.

— Vous en aviez envie ?

— Oui. Je voulais élever des têtards.

— Dans votre lit ?

— C'est un endroit chaud et douillet.

— Et moi, je l'ai aidée, intervint Oliver.

— Ça, je n'en doute pas. Alors pourquoi avez-vous crié ?

— Je n'ai pas crié, c'est Amanda.

— Justement, Oliver, c'est à elle que je posais la question !

— Mais c'est moi que vous regardiez, Monsieur. Vous savez, lorsque vous avez posé cette question, ajouta-t-il comme s'il s'adressait à un demeuré.

— Pourquoi, Amanda, avez-vous crié ainsi ? poursuivit Sir Phillip avec une patience exemplaire.

— J'avais oublié que j'avais mis une grenouille dans mon lit.

— J'ai bien cru qu'Amanda allait mourir ! ajouta Oliver.

— Je croyais pourtant que nous étions bien d'accord sur ce point : pas de grenouilles dans la maison.

— Non, l'interrompit Oliver. Vous aviez dit pas de crapauds.

— Aucun amphibien, vous m'entendez.

— Même s'il est sur le point de mourir ? demanda Amanda les yeux pleins de larmes.

— Quand bien même.

— Mais…

— Vous pourrez toujours le soigner dehors.

— Mais s'il fait froid ou qu'il gèle et que cette pauvre créature a besoin d'un bon lit bien chaud ?

— Les grenouilles sont censées avoir froid. Ce sont des amphibiens.

— Mais si…

— Non ! tonna Sir Phillip. Pas de grenouilles, pas de crapauds, pas de sauterelles, de grillons ni aucun autre animal que ce soit dans cette maison !

— Mais… mais… mais… sanglota la fillette.

— Pour l'amour de… Qu'y a-t-il, Amanda ?

— Que va-t-il advenir de Bessie ?

— Je n'avais bien entendu pas l'intention de chasser notre épagneul adoré de cette demeure.

— Eh bien vous auriez pu le dire plus tôt. Vous m'avez fait beaucoup de peine, bredouilla Amanda.

— Je suis désolé, Amanda.

Elle acquiesça, telle une reine.

Phillip laissa échapper un grognement. À quel moment de la conversation les jumeaux avaient-ils pris le dessus ? Un homme de sa stature et de son intelligence aurait dû imposer le respect à ses enfants, et voilà qu'il leur présentait ses excuses.

— Très bien. Allez jouer, maintenant. J'ai fort à faire.

— Toute la journée ? demanda Oliver.

— Toute la journée ? reprit Sir Phillip malgré lui. De quoi parlait-il au juste ?

— Serez-vous occupé toute la journée ?

— Oui.

— Que diriez-vous d'une promenade dans la nature ? suggéra Amanda.

— Je n'ai pas le temps.

— Nous pourrions vous aider dans la serre, ajouta Oliver.

À la mettre en pièces, pensa Phillip.

— Non.

— Mais...

— Je ne peux pas, conclut-il d'un ton sec.

— Mais...

— Mais qui avons-nous donc là ?

C'était Eloise Bridgerton qui se mêlait de ce qui ne la regardait pas, alors qu'elle venait tout juste de débarquer chez lui, et sans prévenir qui plus est. Elle ne manquait pas d'air.

— Je vous demande pardon ?

— Qui cela peut-il bien être ? poursuivit-elle, s'adressant directement aux jumeaux, sans prêter la moindre attention à Sir Phillip.

— Qui êtes-vous ? demanda Oliver sur un ton menaçant.

Les yeux d'Eloise Bridgerton trahirent une certaine appréhension. Sir Phillip, quant à lui, souriait de toutes ses dents. Comment allait-elle maîtriser la situation ?

— Je suis Mademoiselle Bridgerton.

— Vous n'êtes pas notre nouvelle gouvernante, n'est-ce pas ?

— Grand Dieu, non. Qu'est-il arrivé à votre ancienne gouvernante ?

Ce sur quoi, Sir Phillip toussa bruyamment. Les jumeaux saisirent l'allusion.

— Euh... Rien du tout, répondit Oliver.

Eloise ne se laissait pas tromper par l'air faussement innocent des jumeaux, mais elle choisit de ne pas poursuivre plus avant.

— Je suis votre hôte.

— Nous ne voulons pas d'invités, rétorqua Amanda après un instant de réflexion.

— Nous n'avons besoin de personne, ajouta Oliver.

— Non mais dites-moi ! intervint Phillip. Il ne pouvait décemment tolérer pareille grossièreté de la part de ses enfants.

Les jumeaux croisèrent les bras et lancèrent à Mademoiselle Bridgerton un regard plein de défiance.

— C'en est trop ! Présentez vos excuses à Mademoiselle Bridgerton sur-le-champ. J'ai dit maintenant !

— Désolé, marmonnèrent-ils sans conviction.

— Dans votre chambre, l'un comme l'autre, s'exclama Phillip avec fermeté.

Tels deux petits soldats, ils regagnèrent leur chambre au pas et sans discuter. Mais Amanda ne manqua pas de se retourner à la dernière minute pour leur tirer la langue.

— Amanda ! beugla Sir Phillip en s'avançant vers les escaliers.

Phillip resta planté sur la première marche pendant plusieurs minutes, les poings serrés. Il tremblait de rage. Si seulement ses enfants pouvaient se comporter normalement, ne serait-ce qu'une seule fois, pour qu'il puisse avoir l'impression d'être un bon père, qui savait ce qu'il faisait. Il détestait hausser le ton, et redoutait la terreur qu'il croyait déceler au fond de leurs yeux lorsqu'il les réprimandait.

— Sir Phillip ?

— Oui ? répondit-il, tout à la fois furieux contre Mademoiselle Bridgerton et mortifié de s'être donné ainsi en spectacle. Quelle humiliation !

— Votre majordome vient d'apporter le thé.

— Dans ce cas, je vous souhaite bon appétit. Je vous

verrai après votre sieste.

Sur ce, Sir Phillip s'empressa de rejoindre sa serre. Là au moins, en compagnie de ses plantes qui avaient le bon goût de rester coites, de lui épargner toute espièglerie et de se mêler, pour ainsi dire, de leurs oignons, il aurait la paix…

CHAPITRE TROIS

... Vous comprendrez pourquoi je ne pouvais accepter son offre. Cet homme était bien trop bougon pour moi qui souhaite épouser un gentleman, charmant et attentionné, qui me traitera comme une reine, ou du moins comme une princesse. Vous ne me direz pas que c'est trop demander.

(Lettre d'Eloise Bridgerton à sa chère amie Pénélope Featherington suite à sa première demande en mariage.)

En fin de matinée, Eloise était presque convaincue d'avoir commis une terrible erreur.

Mais, s'il y avait une chose qu'elle détestait plus que tout au monde, c'était bien de devoir admettre qu'elle s'était trompée. Aussi restait-elle stoïque et faisait mine de croire que toute cette histoire ne pouvait connaître qu'une fin heureuse.

Eloise n'en revenait pas : comment Sir Phillip avait-il pu l'abandonner ainsi alors qu'elle venait de traverser la moitié du pays pour répondre à son invitation ? Elle n'avait certes jamais imaginé qu'il aurait le coup de foudre en l'apercevant sur le seuil de sa porte, mais elle attendait un peu plus de sollicitude de sa part. Eloise comprenait à présent qu'elle avait façonné cet homme à l'image de l'être idéal dont elle avait toujours rêvé. La chute n'en était que plus rude. Pire encore, elle ne pouvait s'en prendre qu'à elle-même, car Sir Phillip n'avait jamais menti dans sa lettre – excepté qu'il aurait dû mentionner l'existence de sa progéniture, avant de lui demander sa main.

Sir Phillip ne lui semblait pas être un très bon père non plus. Pouvait-il y avoir détail plus rédhibitoire pour Eloise ? Peut-être le jugeait-elle un peu hâtivement. Si, de toute évidence, Sir Phillip ne savait pas s'y prendre avec ses enfants, ils n'avaient pas l'air d'avoir été maltraités ni mal nourris. Il avait, au mieux, des relations distantes avec les jumeaux. Dire qu'ils l'avaient presque supplié de passer la journée en leur compagnie. Jamais un enfant qui reçoit toute l'attention qui lui est due ne se serait comporté ainsi. Eloise, tout comme ses frères et sœurs, avait passé son enfance à éviter ses parents. Elle avait eu un père formidable, mais le destin avait voulu qu'il périsse alors qu'elle n'avait que sept ans. Elle se souvenait bien de lui, des histoires qu'il lui contait pour l'endormir, de leurs longues promenades à travers les champs du Kent, accompagnés parfois de toute la famille.

Si Eloise n'avait pas suggéré à Sir Phillip d'aller voir ce qui se passait à l'étage, il aurait certainement ignoré le problème, et laissé quelqu'un d'autre s'en charger. Il était manifeste qu'il évitait ses enfants, ce que la jeune femme désapprouvait au plus haut point. Eloise était au bord des larmes : il fallait qu'elle se lève de son lit, sans quoi elle ne manquerait pas de s'effondrer.

Elle alla ouvrir sa fenêtre, malgré le temps gris et pluvieux, pour respirer un peu d'air frais. Depuis sa chambre, elle pouvait voir la serre de Sir Phillip dont les vitres embuées ne laissaient entrevoir qu'un vague rideau de verdure. C'est sans doute là qu'il s'était réfugié. Quelle sorte d'homme était-ce donc là ? Comment pouvait-il préférer la compagnie des plantes à celle de ses congénères ? Voilà à l'évidence quelqu'un qui n'appréciait guère les bavardages. Quelle tristesse ! Et dire qu'elle révérait l'art de la conversation ! Pourquoi un tel ermite avait-il pris la peine de répondre à ses missives ? N'avait-il pas tout fait pour prolonger leur correspondance lui aussi ? Sans même parler de sa demande en mariage. Si Sir Phillip n'aimait pas la compagnie, pourquoi l'avait-il donc conviée à lui rendre visite ? Décidément, cet homme était une véritable énigme.

Eloise se demandait ce qu'elle était censée faire de sa journée. Elle avait déjà pris un peu de repos, mais personne n'était venu l'informer de l'heure du déjeuner ou de toute autre distraction destinée à égayer quelque peu son séjour. En voilà une façon de recevoir ses hôtes ! La simple idée qu'elle puisse passer l'après-midi à s'apitoyer sur son sort la rendait folle de rage : il fallait qu'elle sorte de cette chambre humide sur-le-champ. Après tout, rien ne l'empêchait d'explorer la maison, n'est-ce pas ? Peut-être dénicherait-t-elle quelque nourriture au détour d'un couloir. Eloise avait dévoré les quatre muffins qu'on lui avait apportés ce matin-là, et n'avait pas manqué de les tartiner d'une triple couche de beurre et de confiture d'orange, mais elle n'en restait pas moins affamée. Que n'aurait-elle donné pour un simple sandwich au jambon !

Eloise enfila une robe en mousseline couleur pêche, tenue qui mettait en valeur sa féminité avec une élégante simplicité. Elle jeta un coup d'œil à son miroir. Elle était désormais présentable, à défaut d'être d'une beauté renversante. Elle ouvrit la porte et se risqua dans le couloir. Quelle ne fut pas sa surprise lorsqu'elle tomba nez à nez avec les jumeaux : ils l'attendaient depuis des heures, cela ne faisait pas l'ombre d'un doute.

— Bonjour. Comme c'est gentil à vous d'être venus me saluer.

— Nous ne sommes pas venus vous saluer, rétorqua Amanda.

— Ah bon? Peut-être aviez-vous l'intention de me conduire jusqu'à la salle à manger dans ce cas? Je meurs de faim, voyez-vous.

— Pas du tout, répondit Oliver en croisant les bras.

— Je me suis encore trompée, lança Eloise sur un ton badin. Laissez-moi deviner... Vous êtes venus me chercher pour me montrer votre chambre et vos jouets.

— Non, firent-ils en chœur.

— Alors, c'est pour me faire visiter les lieux. Vous habitez une grande maison, vous savez, et je pourrais facilement m'y perdre.

— Non!

— Comment, non? Vous voudriez donc que je me perde?

— Non, répondit Amanda. Je veux dire oui.

— Vous voulez que je me perde alors? Hum... Mais cela ne me dit toujours pas ce que vous faisiez derrière ma porte. Je ne risque pas de m'égarer en votre compagnie, n'est-ce pas? Vous savez trouver votre chemin dans cette maison, non?

— Évidemment. Nous ne sommes pas des bébés.

— En effet, on ne laisserait pas des bébés tout seuls des heures durant. Ils seraient en train de boire leur biberon. Votre père sait-il que vous êtes là?

— Il est occupé, fit Amanda.

— Très occupé?

— Très très occupé, reprit Oliver.

— Bien trop occupé pour vous, conclut la fillette.

— Cela ne me dit toujours pas ce que vous faites là. Je

ne crois pas que votre père vous ait envoyés en délégation... À moins que... Je sais ! Vous êtes venus me dire que vous possédez des pouvoirs magiques, et que vous savez prédire le temps qu'il va faire, poursuivit Eloise d'un ton enjoué.

— Non.

— Non ? Quel dommage ! Ce crachin est bien triste, vous ne trouvez pas ?

— Non, répondit Amanda d'un ton sec. Papa aime beaucoup la pluie, et nous aussi.

— Votre père aime la pluie ? Comme c'est étrange.

— Pas du tout, rétorqua Oliver sur la défensive. Mon père n'a rien d'étrange. Il est parfait. Arrêtez de dire des méchancetés sur son compte.

— Je n'ai rien dit de tel.

Eloise commençait à se demander ce qui se passait. Elle avait cru que les jumeaux voulaient l'effrayer. Ils avaient dû deviner les intentions de leur père à son égard, et n'avaient que faire d'une belle-mère. Dans ce cas, pourquoi n'essayaient-ils pas de lui démontrer que leur père était un bien piètre candidat au mariage au lieu de le défendre ainsi ?

— Mes enfants, je vous assure que je ne veux de mal à personne, ni à vous ni à votre père. À dire vrai, je le connais à peine.

— Si vous lui faites de la peine, je... je...

Eloise regarda le visage du petit garçon s'empourprer de colère tant il peinait à trouver les mots justes. Elle s'accroupit à côté de lui pour se mettre à sa hauteur.

— Oliver, je vous le promets, je ne suis pas ici pour faire du mal à votre père.

— Vous devez partir. Vous n'êtes pas la bienvenue ici, hurla Amanda toute rouge elle aussi.

— Sachez, mes enfants, que je n'ai pas l'intention de m'en aller avant une semaine au moins.

À ces mots, Oliver se précipita sur elle pour la repousser de toutes ses forces. Eloise tomba à la renverse et se retrouva sur son séant, jupons à l'air. Elle avait connu posture plus élégante.

— Eh bien, déclara-t-elle en se relevant. Voilà qui était fort mal avisé.

— Vous allez nous frapper? l'interrogea Oliver.

— Bien sûr que non. Je suis contre les châtiments corporels, surtout pour les enfants. Je déteste toute forme de violence; mais puis-je vous faire remarquer que vous m'avez frappée le premier?

— Je vous ai poussée, rectifia-t-il.

— Si vous ne voulez pas que l'on vous frappe, vous feriez bien de ne pas frapper les autres.

— C'est la règle d'or, entonna Amanda.

— Exactement, conclut Eloise avec un grand sourire, même si elle doutait que cette petite leçon ait eu une quelconque incidence sur le cours de leur existence.

— Mais cela ne signifie-t-il pas que vous devriez rentrer chez vous? poursuivit Amanda, pensive. C'est notre maison. Pas la vôtre.

— Mais vous n'y êtes pas du tout.

— Si. Nous ne sommes pas allés chez vous, vous n'avez donc rien à faire chez nous.

— Ma petite, vous êtes très maligne. Mais sachez que je le suis encore plus que vous, lança Eloise d'un ton plein de défi. C'est bien compris?

Les deux jumeaux la regardèrent bouche bée: ils n'avaient jamais rencontré aucun adulte comme elle.

— Bien. Auriez-vous l'amabilité de me montrer où se trouve la salle à manger maintenant? Je meurs de faim.

— Nous avons des devoirs à faire, n'est-ce pas, Amanda?

— Vraiment? Comme c'est intéressant. Il faut donc que vous retourniez à votre travail au plus vite dans ce cas. Vous devez être très en retard, si j'en crois le temps que vous avez passé à attendre devant ma chambre.

— Comment est-ce que vous... lança Amanda, soudain interrompue par le coup de coude de son frère.

— J'ai sept frères et sœurs. Si vous vous imaginez que je ne connais pas ce genre de musique, vous vous trompez lourdement, mes chers petits.

Alors qu'elle regardait les jumeaux qui détalaient dans le couloir, Eloise eut la désagréable impression qu'elle venait de commettre une grave erreur. N'avait-elle pas en effet mis au défi Oliver et Amanda en clôturant ainsi leur conversation? Eloise était de l'étoffe des Bridgerton après tout : ils pouvaient toujours tenter de la faire déguerpir! À n'en pas douter, ils ne reculeraient devant rien. Ils mettraient des anguilles dans son lit, de l'encre dans ses cheveux, de la confiture sur sa chaise... Eloise connaissait toutes ces espiègleries pour les avoir déjà subies, et elle n'avait aucune envie de voir deux garnements de vingt ans ses cadets lui faire revivre son enfance. Elle poussa un long soupir : dans quel pétrin venait-elle de se fourrer? Mieux valait retrouver Sir Phillip afin de décider au plus vite si, oui ou non, ils étaient faits l'un pour l'autre. Elle n'avait aucune envie de goûter aux délices des souris, des araignées, ou encore du sel dans le sucrier.

Sir Phillip savait qu'il venait de commettre un impair. Mais, mon Dieu, si seulement cette jeune femme l'avait prévenu de sa visite, il aurait pu s'y préparer et trouver deux ou trois tournures poétiques à placer dans la conversation. Que croyait-elle donc ? Qu'il avait écrit toutes ses lettres d'un seul trait de plume ? Il y avait consacré des heures entières, s'escrimant à trouver le mot juste, et jamais il n'aurait osé lui envoyer le premier jet de ses missives. Peut-être aurait-il pu lui offrir quelques fleurs ? Voilà au moins une chose qu'il savait faire...

Qui plus est, Mademoiselle Bridgerton ne ressemblait pas du tout à la personne qu'il avait imaginée. N'était-elle pas censée incarner une vieille fille de vingt-huit ans au visage chevalin ? Non pas qu'elle fût d'une beauté renversante, mais elle avait une épaisse chevelure havane et de grands yeux couleur de rocaille qui respiraient l'intelligence et la curiosité... Son visage en forme de cœur et son large sourire la rendaient presque exotique.

Que faire à présent ? Il avait fondé tous ses espoirs sur le mirage qu'il avait échafaudé au fil des lettres de Mademoiselle Eloise Bridgerton. Il n'avait ni le temps, ni l'envie, de faire la cour à quiconque, et cette correspondance était tombée à point nommé. Comment une femme approchant la trentaine pourrait-elle rester insensible à une demande en mariage ? Certes, il n'imaginait pas qu'elle accepterait d'emblée. Mais il ne s'attendait pas à voir arriver une jolie jeune femme intelligente et si sûre d'elle. Pourquoi diable voudrait-elle épouser un inconnu qui demeurait au fin fond du Gloucestershire ? Même si Phillip ne connaissait pas grand-chose à la mode, il n'en était pas moins capable d'apprécier la qualité des vêtements d'Eloise Bridgerton. Elle exigerait à l'évidence des escapades londoniennes, une vie mondaine bien remplie, entourée de nombreux amis. Ce n'est pas à Romney Hall qu'elle pouvait espérer trouver ce genre d'agitation.

Eloise Bridgerton ne resterait jamais ici. Pourquoi chercher à tisser des liens ? Tout cela semblait tellement vain à présent. Il devrait courtiser une autre femme. Que de temps perdu...

Mais bon sang, encore fallait-il commencer par en trouver une autre, ce qui n'était pas une mince affaire. Dans la région, pas une seule femme ne daignait même l'approcher. Toutes les jeunes filles nubiles connaissaient la réputation des jumeaux, et pas une d'entre elles n'était prête à assumer l'éducation de ces deux petits démons.

Toujours est-il qu'il s'était montré d'une impolitesse sans bornes envers son invitée. Eloise n'était pas responsable de son inaptitude à élever ses enfants. Philip s'essuya les mains avant de sortir sous la pluie pour rejoindre sa demeure. Il pouvait au moins déjeuner avec son hôte. Il aurait été stupide de la renvoyer dans ses quartiers ou même de la laisser repartir sans s'être assuré au préalable qu'elle ne faisait pas l'affaire.

Quand Phillip se présenta enfin sur le seuil de la porte, il ruisselait, avait les pieds crottés et les vêtements maculés de boue. Il ne pouvait décemment recevoir Mademoiselle Bridgerton dans une tenue aussi indécente. Après tout, elle venait de Londres et n'accepterait jamais de déjeuner avec lui s'il n'était pas impeccablement vêtu. Il traversa donc la cuisine à la hâte...

— Mademoiselle Bridgerton ! dit-il en la voyant perchée sur un tabouret en train de dévorer sans façon un gros sandwich au jambon. Que faites-vous ici ?

— Sir Phillip. Il se trouve que j'avais envie d'une petite collation, ainsi que d'un peu de compagnie. J'ai pensé que ce serait l'endroit idéal où trouver l'une et l'autre.

— Je m'apprêtais justement à me changer pour vous inviter à déjeuner.

— Je serais ravie de m'installer dans la salle du petit-déjeuner pour y finir mon sandwich, si vous souhaitiez vous joindre à moi. Je suis certaine que Madame Smith ne verrait aucun inconvénient à vous en préparer un. Je dois dire que celui-ci est absolument délicieux. Madame Smith ?

— Sans aucun problème, Mademoiselle Bridgerton, lui répondit la cuisinière, laissant Sir Phillip pantois. Jamais il ne l'avait entendue employer un ton aussi amical.

— Sir Phillip, me ferez-vous l'honneur de m'accompagner ? Je n'ai aucune objection quant à votre tenue.

C'est ainsi que Phillip se retrouva assis dans la salle du petit-déjeuner devant la petite table ronde qu'il utilisait plus souvent que celle de la salle à manger, bien trop formelle à son goût. Cependant, la manière dont Eloise Bridgerton avait conduit toute cette affaire l'avait quelque peu décontenancé. N'était-ce pas au maître de maison de s'occuper de tout cela ?

— J'ai rencontré vos enfants un peu plus tôt ce matin.

— Oui, en effet, j'étais présent.

— Non, corrigea-t-elle, c'était un peu plus tard. Ils m'attendaient derrière la porte de ma chambre.

Sir Phillip se sentit soudain envahi par un étrange pressentiment. Avaient-ils un sac de grenouilles vivantes à la main ? Un sac de grenouilles mortes ? Ses enfants ne s'étaient pas montrés très tendres avec leurs gouvernantes, et il ne voyait pas pourquoi ils auraient été plus charitables envers celle qui deviendrait peut-être leur belle-mère.

— Je vois que vous avez survécu à cette entrevue.

— Oh, oui. Nous sommes parvenus à une forme d'accord.

— Un accord ? Quelle sorte d'accord ?

— Ne vous inquiétez pas pour moi.

— Dois-je m'inquiéter pour mes enfants dans ce cas ?

— Bien sûr que non, répondit-elle avec un sourire insondable.

— Très bien. Permettez-moi de vous présenter toutes mes excuses pour vous avoir si mal accueillie ce matin.

— Permettez-moi dans ce cas de vous présenter les miennes pour être arrivée sans avoir été annoncée.

— Vous avez eu la politesse de vous excuser ce matin même, alors que j'ai manqué à mes obligations.

— Je vous remercie, murmura-t-elle tandis que ses joues prenaient une légère teinte rosée. C'est fort aimable à vous.

— Maintenant que nous avons réglé tout cela, peut-être pourrions-nous parler de ce qui vous amène ici.

— Vous sembliez enclin au mariage.

— Et vous-même ?

— Me voici, rétorqua-t-elle simplement.

— Mademoiselle Bridgerton, pardonnez-moi, mais vous êtes fort différente de celle que j'avais imaginée.

— Compte tenu des circonstances, je ne verrais pas d'objection à ce que vous m'appeliez par mon prénom... Soit dit en passant, vous n'êtes pas celui que je me représentais non plus.

— Qui pensiez-vous trouver en ces lieux ?

— Je crois que c'est à vous de me répondre le premier, contra Eloise. À quoi vous attendiez-vous ?

— Je n'imaginais pas que vous seriez si jolie.

Eloise ne s'attendait pas à recevoir un tel compliment et sentit ses joues s'empourprer. En général, on disait des femmes de la famille Bridgerton qu'elles étaient attirantes, vives et qu'elles avaient une forte personnalité. Néanmoins, on n'avait jamais compté Eloise au nombre des beautés de la bonne société londonienne.

— Je... Euh... Merci, Sir Phillip. Mais je ne suis pas sûre de très bien interpréter votre surprise.

— Ne m'avez-vous pas écrit que vous étiez vieille fille ? Il doit bien y avoir une raison à votre célibat.

— Sachez que j'ai reçu plus d'une demande en mariage à ce jour.

— De toute évidence. Mais je ne puis qu'être étonné de voir une femme comme vous s'intéresser à un homme comme moi...

Pour la première fois depuis son arrivée, Eloise le contempla vraiment. Sous des dehors un peu rudes, Sir Phillip était un bel homme... Il avait le teint hâlé, et son corps musclé lui donnait une grâce presque athlétique. Cependant, la nonchalance avec laquelle il étalait ses jambes aurait fait frémir d'horreur les dames de la bonne société londonienne (et un bon coup de peigne n'aurait pas été superflu). Il ne se préoccupait guère de ses manières et lui rappelait en cela l'attitude pleine de défi qu'affectaient les jeunes rebelles dans les salons mondains. Pourtant, Sir Phillip avait quelque chose de différent. Il n'y avait rien de provocateur chez lui. Cet homme se souciait fort peu de ce que les autres pouvaient bien penser sur son compte. Mais, si c'était la marque d'une belle assurance, pourquoi avait-il tant de mal à trouver une épouse ?

— Je suis venue, car, après avoir repoussé plusieurs demandes en mariage, j'ai compris que j'avais néanmoins envie de trouver un époux. Vos lettres semblaient indiquer que vous pourriez être un candidat convenable. Il aurait été idiot de ne pas vous rencontrer et vérifier si mes premières impressions étaient justes.

— C'est très sensé de votre part.

— Mais qu'en est-il de vous? Vous êtes le premier à avoir évoqué une éventuelle union. Qu'est-ce qui vous empêchait de trouver une épouse dans la région?

Perplexe, Sir Phillip ne dit mot. Il ne pouvait croire qu'elle n'ait pas compris sa situation.

— Vous avez rencontré mes enfants, n'est-ce pas?

— Pardonnez-moi? répondit Eloise qui manqua presque de s'étouffer.

— Oui, mes enfants. Vous les avez rencontrés, à deux reprises. Vous me l'avez dit vous-même.

— Certes, mais... Oh non, ne me dites pas qu'ils sont parvenus à mettre en fuite toutes les femmes sur lesquelles vous aviez jeté votre dévolu.

— Sachez que la plupart d'entre elles refuseraient jusqu'à la moindre invitation de ma part.

— Ils ne sont pourtant pas si terribles.

— Ils ont besoin d'une mère, Mademoiselle Bridgerton.

— Je ne doute pas que vous puissiez trouver une manière quelque peu plus romantique de me convaincre de vous épouser.

— Mademoiselle Bridgerton... Eloise, je me dois d'être honnête avec vous. Je n'ai ni l'énergie, ni la patience nécessaires pour mener une cour digne de ce nom. J'ai besoin d'une femme. Mes enfants ont besoin d'une maman. Je vous ai invitée ici pour apprécier votre aptitude à assumer un tel rôle et, bien entendu, pour voir si nous accommoderions l'un de l'autre.

— Laquelle? murmura-t-elle.

Phillip serra les poings. Pourquoi les femmes agissent-elles ainsi? Parlent-elles une langue codée?

— Quoi?... Laquelle? pressa-t-il, impatient.

— Laquelle des deux voulez-vous ? Une femme ou bien une mère ?

— Les deux. Je pensais que cela allait de soi.

— N'avez-vous pas une préférence ?

— Je suis désolé, mais je ne sais pas comment dissocier les deux, finit-il par rétorquer en haussant les épaules.

— Je vois. Vous devez avoir raison. Que diriez-vous de poursuivre notre repas ? Vous êtes resté dans votre serre toute la matinée. Je suis certaine que vous devez mourir de faim.

Phillip laissa échapper un profond soupir : Dieu seul savait comment, mais il avait visé juste. Ou, tout au moins, avait-il évité le pire et c'était l'essentiel. Il aurait très bien pu la froisser à jamais, et sonner ainsi le glas de cette cour peu ordinaire. Il ne savait toujours pas si Mademoiselle Bridgerton consentirait à devenir Lady Crane, mais si jamais c'était le cas... Eh bien, ma foi, il n'y verrait aucune objection... Elle ne serait pas facile à conquérir, contrairement à ce qu'il avait cru. Quelque chose avait pourtant dû la pousser à se rendre au fin fond du Gloucestershire. Si sa vie à Londres était si palpitante, pourquoi l'avoir quittée ? Mais à mesure qu'il contemplait son sourire, Phillip se dit que tout cela importait peu. Il fallait qu'il parvienne à la convaincre de rester, c'était tout ce qui comptait à présent.

CHAPITRE QUATRE

... Je suis navrée d'entendre que Caroline souffre de coliques et vous fait si souvent perdre patience. Bien entendu, il est regrettable qu'Amélia et Belinda ne soient guère ravies d'avoir une petite sœur. Mais il faut voir les choses du bon côté, ma chère Daphné, la situation aurait pu être bien plus terrible si vous aviez enfanté des jumeaux.

(Lettre d'Eloise Bridgerton à sa sœur la duchesse de Hastings, un an après la naissance de son troisième enfant.)

Phillip se dirigeait vers le grand escalier en sifflotant : il était aux anges. Il avait passé le plus clair de l'après-midi en compagnie d'Eloise, et il était à présent convaincu qu'elle ferait une excellente épouse. Eloise venait d'une famille nombreuse et saurait sans aucun doute s'occuper d'Oliver et d'Amanda. Elle ne manquait pas de charme non plus... Phillip s'était même pris à rêver d'un baiser langoureux. Comment réagirait-elle s'il l'embrassait ? Cela faisait si longtemps qu'il n'avait pas pris une femme dans ses bras. Jamais il n'avait sollicité les faveurs des serveuses de l'auberge du coin. Il goûtait fort peu ce genre de relations anonymes, ou peut-être ne l'étaient-elles pas assez à dire vrai. Toutes ces femmes étaient vouées à passer leur vie dans ce même village, et il ne tenait pas à croiser sans cesse leur chemin une fois l'affaire consommée.

Avant le décès de Marina, l'idée de lui être infidèle ne lui avait pas même effleuré l'esprit, même s'ils ne partageaient plus la même couche depuis des lustres. Elle avait en effet sombré dans une profonde mélancolie à la naissance des jumeaux, tandis que Phillip, impuissant, l'avait vue se cloîtrer peu à peu dans un monde de tristesse. Comment aurait-il pu désirer une femme qui semblait toujours sur le point d'éclater en sanglots ? Il avait attendu que les jumeaux aient grandi avant de la rejoindre dans sa chambre. Elle n'avait pas repoussé ses avances, mais elle était restée allongée là sans rien faire, la tête tournée sur le côté, les yeux ouverts, telle une morte. Phillip était reparti, fébrile et tremblant, torturé par un terrible sentiment de dégoût de soi, comme s'il l'avait possédée telle une bête sauvage. Il avait pourtant essayé de susciter quelque réaction de sa part, mais en vain : Marina était restée inerte, et sa mollesse l'avait plongée dans une telle colère qu'il avait songé à la punir. De retour dans sa propre chambre, il avait soulagé sa conscience dans un long vomissement entrecoupé de hoquets sourds. Il ne l'avait jamais plus approchée depuis ce jour-là.

Mais Marina n'était plus là. Partie. Eloise, en revanche, semblait en tout point son opposé : elle n'allait pas pleurer pour un oui ou pour un non, s'enfermer dans sa chambre ou encore refuser de s'alimenter. Elle était vive, joyeuse, elle avait du répondant. Parfaite, tout simplement parfaite, se dit Phillip en jetant un coup d'œil à sa montre. Il avait donné rendez-vous à Eloise à sept heures précises pour l'escorter jusqu'à la salle à manger. Il ne voulait pas arriver trop en avance, de peur d'apparaître impatient. Cependant, un retard aurait été malvenu. Il ne fallait pas non plus qu'Eloise s'imagine qu'elle ne l'intéressait pas. Phillip remit sa montre dans son gousset : toutes ces tergiversations frisaient le ridicule. Il se comportait comme un débutant. Il n'allait pas gagner les faveurs d'une femme en comptant les minutes... Ce qui ne l'empêcha pas de ressortir sa montre pour vérifier l'heure une dernière fois. Sept heures moins trois. Voilà qui lui donnerait juste assez de temps pour gravir les escaliers et l'accueillir devant la porte de sa chambre. Son visage s'illumina soudain en l'imaginant sur le seuil, vêtue d'une robe d'intérieur bleue. Cette couleur lui irait à ravir, mais elle serait encore plus belle dévêtue...

Lorsque Phillip aperçut Eloise, quelle ne fut sa surprise en constatant que sa chevelure avait viré au blanc, tout comme le reste de sa tenue d'ailleurs.

— Oliver ! Amanda ! hurla-t-il.

— Oh, ils ont filé depuis longtemps, les pleutres, l'interrompit Eloise. Elle avait l'air furieuse, même sous la couche de farine.

— Mademoiselle Bridgerton, croyez bien que je suis navré de...

— Ne vous excusez pas !

— Bien. Mais je vous assure que... Je vais...

— Sir Phillip, comme vous pouvez le constater, je ne suis pas tout à fait prête pour le dîner.

— Les jumeaux vous auront rendu une petite visite, si je ne m'abuse.

— Oh, oui. Et ils n'ont pas demandé leur reste et demeurent introuvables.

— Ils ne doivent pas être bien loin, vous savez. Pour

rien au monde ils ne manqueraient un tel spectacle. J'imagine que vous n'avez pas entendu le moindre gloussement précurseur de l'orage avant que le ciel ne vous tombe sur la tête?

Eloise le fusilla du regard.

— Pardon. C'était une plaisanterie stupide.

— En effet. Il m'était difficile d'entendre autre chose que le tintement métallique de la bassine dont vos enfants m'ont coiffée, ajouta-t-elle en indiquant un grand récipient qui gisait sur le tapis.

— Grand Dieu! Vous n'êtes pas blessée au moins? demanda-t-il en lui palpant la tête.

— Sir Phillip! Je vous demande de vous...

— Ne bougez pas, s'il vous plaît.

— Puisque je vous dis que je vais bien. Allons, je survivrai à cette attaque perfide.

— J'imagine que vous aimeriez prendre un bain, n'est-ce pas?

Philip crut bien qu'elle lui avait répondu à mi-voix: « Je crois plutôt que j'aimerais voir ses deux misérables à la potence. » En tout cas, c'est ce qu'il aurait dit s'il avait été à sa place.

— Je vais vous faire préparer un bain.

— Ne vous donnez pas cette peine. Je viens d'en prendre un, l'eau est encore chaude.

— Quoi qu'il en soit, on y ajoutera quelques baquets. Je m'en occupe sur-le-champ.

— Faites donc, répondit-elle sèchement.

Sir Phillip s'en alla quérir ses domestiques qu'il trouva attroupés autour d'une table en train de parier sur le temps que mettrait le maître de maison avant de tanner le cuir de ses enfants. Il leur donna quelques instructions avant de rejoindre Mademoiselle Bridgerton qui ressemblait plus à un fantôme qu'à une femme du monde sur le point d'aller dîner.

— Peut-être feriez-vous mieux de regagner votre chambre ?

— Et où vais-je m'asseoir ?

— Permettez dans ce cas que je vous tienne compagnie, dit-il d'un ton enjoué. Mais éclairez-moi, comment sont-ils parvenus à un tel résultat ?

— Cela importe-t-il vraiment ?

— Eh bien, je ne puis que désapprouver de tels actes, mais avouez que cela ne manque pas d'ingéniosité. Où ont-ils placé la bassine ? Et puis...

— En haut de ma porte.

— L'aviez-vous donc remarquée ?

— J'ai sept frères et sœurs. Croyez-vous vraiment que je ne connaisse pas ce tour-là ?

— Mais, vous ne les avez pas entendus ?

— Vous n'insinuez tout de même pas que tout cela est de ma faute, n'est-ce pas ?

— Bien sûr que non. Aurais-je l'honneur de vous avoir à dîner ?

Eloise se contenta d'acquiescer.

— Je vais donc demander à la cuisinière de garder votre repas au chaud, et je ne manquerai pas de punir les jumeaux.

— Non. Laissez-moi m'en charger.

— Quelles sont vos intentions ? demanda Sir Phillip, quelque peu décontenancé par le ton qu'elle venait d'employer.

— Pour le moment, j'étudie différentes éventualités.

— Puis-je espérer que mes enfants seront encore en vie demain matin ?

— Vivants et parfaitement indemnes de surcroît.

— Très bien, Mademoiselle Bridgerton. Je vous donne carte blanche, conclut-il, convaincu que la vengeance d'Eloise Bridgerton répondrait aux besoins de ses enfants.

Une heure plus tard, alors même qu'Eloise dînait en compagnie de Sir Phillip, un cri perçant déchira le silence. Phillip en laissa échapper sa cuiller. C'était Amanda qui hurlait de terreur. Eloise poursuivit son repas comme si de rien n'était.

— Ne vous inquiétez pas, murmura-t-elle.

— Peut-être devrais-je...

— J'ai déposé un poisson dans son lit, répondit Eloise, impassible.

— Un poisson?

— Eh bien, disons que c'était un très gros poisson.

— Euh, permettez-moi de vous demander où vous l'avez trouvé...

— Mrs Smith.

Sir Phillip résista à l'instinct paternel qui le poussait à se lever pour voler au secours de sa fille. Amanda ne récoltait-elle pas ce qu'elle avait semé?

— Et qu'avez-vous placé dans le lit d'Oliver?

— Rien.

Phillip leva un sourcil interrogateur.

— Oui, pour prolonger le suspense, expliqua-t-elle froidement.

— Il y aura des représailles, vous en êtes consciente, n'est-ce pas?

— Je m'y prépare. J'imagine que vos enfants savent que vous m'avez conviée ici pour demander ma main.

— Je ne leur ai jamais rien dit de tel.

— Non, murmura-t-elle, vous n'auriez pas osé.

— Je ne vois pas pourquoi je devrais informer mes enfants de mes affaires personnelles.

Eloise se contenta de hausser les épaules, ce qui ne manqua pas d'agacer encore un peu plus son hôte.

— Mademoiselle Bridgerton, je n'ai nul besoin de vos conseils en matière d'éducation.

— Je n'ai pas même effleuré le sujet, même s'il me semble que vous désespérez de leur trouver une mère... Peut-être avez-vous besoin d'un peu d'aide, après tout ?

— Je vous prierai de garder vos réflexions pour vous, Mademoiselle.

— Ils ont besoin de discipline...

— Croyez-vous m'apprendre quelque chose ?

— Mais également d'affection.

— Ils en reçoivent amplement.

— Et d'attention.

— Ils en reçoivent tout autant.

— De votre part.

— L'espace d'une demi-journée vous aura suffi pour constater toute l'étendue de mon ignoble négligence, je présume ?

— Quelques minutes ce matin même auront été amplement suffisantes. À voir la manière dont ils vous suppliaient de passer quelques heures en leur compagnie...

— Il n'en est rien.

— Comme il vous plaira, mais sachez que si vous leur consacriez un peu plus de temps...

— Vous ne savez pas de quoi vous parlez. Vous ne me connaissez pas, pas plus que mes enfants.

— De toute évidence, décocha-t-elle en se dirigeant vers la porte.

— Attendez ! lança-t-il en se relevant d'un bond.

Comment les choses avaient-elles pu tourner ainsi ? À peine une heure auparavant, il était convaincu qu'elle ferait une excellente compagne, et voilà qu'elle était sur le point de s'en retourner à Londres.

— Je suis désolé. S'il vous plaît, ne partez pas.

— Je ne tolérerai pas qu'on me traite comme une idiote.

— Si j'ai appris une chose depuis votre arrivée, c'est que vous êtes loin d'en être une. Restez, restez au moins jusqu'à ce qu'Amanda nous ait rejoints.

Eloise lui lança un regard dubitatif.

— Ne souhaitez-vous pas savourer votre victoire ?

L'irruption d'Amanda dans la pièce, suivie de près par sa nourrice, ne laissa pas à Eloise le temps de lui répondre.

— Papa ! gémit-elle en se jetant dans ses bras.

— Que se passe-t-il donc ? lui demanda Phillip en l'embrassant avec maladresse.

— Elle ! rétorqua-t-elle comme si elle venait de parler du Diable en personne.

— Mademoiselle Bridgerton ?

— Elle a mis un poisson dans mon lit !

— Et vous l'avez couverte de farine. Vous êtes quittes.

— Mais, vous êtes mon père !

— En effet.

— Vous êtes censé prendre ma défense.

— Lorsque cela se justifie.

— C'était un poisson…

— À n'en point douter. Un bain s'impose, je crois.

— Je ne veux pas prendre de bain. Je veux que vous la punissiez.

— Mademoiselle Bridgerton est un peu trop grande pour les punitions, ne croyez-vous pas ?

— Vous devez lui demander de partir. Sur-le-champ ! insista Amanda qui n'en croyait pas ses oreilles. Sa bouche tremblait de colère.

Phillip déposa Amanda à terre. Il se réjouissait de voir les choses progresser de la sorte et se montrait bien plus patient qu'à l'ordinaire. Il ne cherchait pas à fuir ses responsabilités en coupant court à toute discussion et en renvoyant Amanda dans sa chambre. Peut-être était-ce l'influence bénéfique de Mademoiselle Bridgerton, qui sait ?

— Je suis désolé, Amanda, mais Mademoiselle Bridgerton est mon invitée, non la vôtre. Elle restera ici aussi longtemps qu'il lui plaira, ce qui ne signifie pas que je vous autorise à la harceler pour précipiter son départ.

— Mais...

— Il n'y a pas de mais qui tiennent.

— Mais...

— Qu'est-ce que je viens de dire ?

— Mais elle est méchante !

— Je crois bien au contraire qu'elle est très maligne, et que j'aurais dû glisser un poisson dans votre lit depuis belle lurette.

Amanda recula d'un pas, stupéfaite.

— Retournez dans votre chambre, Amanda.

— Mais ça sent mauvais !

— Vous ne pouvez vous en prendre qu'à vous-mêmes.

— Mais, mon lit...

— Vous n'aurez qu'à dormir sur le sol.

— Mais... Mais... fit-elle, en se dirigeant vers la porte, frémissant de rage.

— Oui, Amanda ?

— Mais, elle n'a pas puni Oliver, murmura la fillette. C'est trop injuste. C'était son idée !

Phillip fronça les sourcils.

— Eh bien, nous y avons pensé tous les deux, corrigea Amanda.

— Je ne m'inquiéterais pas pour Oliver si j'étais vous, répondit Phillip en gloussant. Ou peut-être que si. Je ne doute pas que Mademoiselle Bridgerton ait déjà quelque projet le concernant.

Amanda sembla satisfaite, et laissa sa nourrice la reconduire jusqu'à sa chambre, non sans avoir salué son père auparavant. Phillip reprit son repas, fort content de la façon dont il avait géré la situation.

— Pauvre Oliver, il n'en dormira pas de la nuit.

— C'est certain, répondit Eloise en tentant de réprimer un sourire.

— Méfiez-vous cependant. Je suis sûr qu'il aura placé quelque piège devant sa porte.

— Oh, mais rassurez-vous, je n'ai nulle intention de torturer Oliver ce soir même. Ce serait bien trop prévisible et gâcherait l'effet de surprise. Je suis même tentée de prolonger indéfiniment son attente, mais ce serait vraiment trop injuste pour Amanda.

— J'ai horreur du poisson.

— Je le sais. Vous me l'avez écrit.

— Vraiment?

— Il est d'ailleurs surprenant que Mrs Smith en ait même eu dans sa cuisine. J'imagine que les domestiques l'apprécient.

Phillip et Eloise poursuivirent leur repas en parlant de tout et de rien, dans une parfaite entente mutuelle. Peut-être la vie matrimoniale n'était-elle finalement pas un calvaire, songea Phillip. Il n'avait pas discuté de l'éducation de ses enfants avec qui que ce soit depuis une éternité. Il avait toujours porté son fardeau seul, sans l'aide de quiconque, même lorsque Marina était en vie.

Phillip avait encore du mal à accepter le soulagement que lui avait procuré sa disparition.

Phillip contempla le visage de la femme qui venait d'entrer dans sa vie : sa chevelure rougeoyait à la lumière des chandelles tandis que ses yeux malicieux étincelaient de mille feux. Eloise était fine, sûre d'elle et tyrannique : tout ce qu'il cherchait chez une femme. Phillip aurait été ravi de céder à quelques-unes de ses prérogatives, pourvu qu'elle règle les problèmes de cette maison. Il se retirerait volontiers dans sa serre pour lui laisser ses affaires. Mais était-ce un rôle qui conviendrait à Eloise Bridgerton ?

Phillip l'espérait de tout son cœur.

... je vous en conjure, Mère, vous DEVEZ punir Daphné. Il est INJUSTE que je sois la seule à être privée de dessert. Pendant toute une semaine qui plus est. Une semaine, c'est bien trop long, d'autant que c'est Daphné qui a eu cette idée.

(Lettre d'Eloise Bridgerton à sa mère, Violette Bridgerton, déposée par ses soins sur sa table de nuit. Eloise n'avait alors que dix ans.)

Tout pouvait changer si vite au cours d'une seule journée, songea Eloise.

Elle visitait la galerie des portraits en compagnie de Sir Phillip, lequel semblait plus désireux de prolonger leur conversation que de la voir admirer les tableaux.

Cet homme aurait pu faire un mari tout à fait convenable après tout. Certes, la formule n'était guère poétique, mais cette cour n'avait rien d'ordinaire. D'autre part, à deux ans de son trentième anniversaire, Eloise ne pouvait faire la fine bouche.

Il y avait malgré tout quelque chose d'ineffable dans cette rencontre...

À la lumière vacillante des chandelles, Sir Phillip paraissait plus beau, peut-être même plus séduisant qu'auparavant. Son visage anguleux ressemblait à celui d'une statue grecque tout droit sortie de l'Antiquité. Alors qu'il se tenait ainsi à ses côtés, la main posée sur son épaule, elle avait l'étrange impression qu'il l'enveloppait de sa présence virile.

Eloise avait certes commis une folie en s'enfuyant de chez elle au beau milieu de la nuit dans l'espoir de trouver le bonheur auprès d'un homme qu'elle n'avait jamais rencontré, mais quel soulagement de penser qu'elle ne s'était peut-être pas trompée en prenant un tel risque ! Que pourrait-il y avoir de pire que de retourner à Londres, d'admettre son échec et d'expliquer à toute sa famille l'objet de cette escapade ?

La compagnie de Sir Phillip lui avait été fort agréable tout au long du dîner, même s'il était bien moins loquace que ses amis londoniens. C'était un homme juste. Il avait accepté, et même admiré, la manière dont Eloise avait pris sa revanche sur Amanda en dissimulant un poisson entre ses draps. La plupart des gentlemen qu'elle avait rencontrés dans les salons auraient été horrifiés qu'une jeune femme bien élevée puisse avoir recours à une tactique aussi sournoise.

— Je vous présente mon grand-père, déclara Sir Phillip d'une voix douce en indiquant un grand portrait.

— Quelle prestance ! Un fort bel homme, en effet, répondit poliment Eloise qui distinguait à peine ses traits dans la pénombre. Et là, s'agit-il de votre père ?

Sir Phillip acquiesça. Il était manifeste qu'il était peu enclin à parler de son père. Eloise n'insista donc pas.

— Où se trouve votre propre portrait ?

— Là-bas, j'en ai bien peur.

Eloise entrevit un jeune garçon, âgé d'une douzaine d'années, qui posait aux côtés d'un autre enfant qui ne pouvait être que son frère aîné.

— Que lui est-il arrivé ? demanda-t-elle.

En effet, Philippe n'aurait jamais pu hériter de cette demeure, ni du titre de noblesse de feu son père si son aîné avait encore été de ce monde.

— Waterloo.

— Je suis navrée, dit-elle en posant instinctivement sa main sur la sienne.

Pendant un instant, Eloise crut que Phillip s'en tiendrait à ces maigres explications, mais il finit par rompre le silence.

— Ce fut une perte immense, Eloise. J'aimais énormément mon frère, murmura-t-il dans un soupir tout empreint de tristesse.

— Comment se prénommait-il ?

— George.

— Vous deviez être fort jeune à l'époque.

— En effet. C'était en 1815. Je venais d'avoir vingt et un ans et mon père est mort deux semaines plus tard.

Eloise devint songeuse. À vingt et un ans, elle aurait déjà dû être mariée, comme toutes les jeunes femmes de son rang. Il lui semblait à présent que l'on était bien trop innocent à cet âge pour hériter d'une telle charge.

— George et Marina étaient fiancés.

— Je ne savais pas... Je suis désolée.

Phillip haussa les épaules d'un air résigné.

— Ne vous inquiétez pas. Aimeriez-vous admirer son portrait ?

— Oui, répondit Eloise, piquée d'une curiosité soudaine.

Elle ne s'attendait pas à une telle révélation. Qui plus est, il s'agissait de sa cousine, et elle ne l'avait pas vue depuis des lustres. Eloise se souvenait de sa chevelure sombre et de ses yeux clairs, bleus sans doute. Lors des réunions de famille, on les avait souvent mises côte à côte car elles avaient le même âge. Mais elles n'avaient guère d'affinités. Eloise était une petite fille turbulente qui grimpait aux arbres et faisait du toboggan à califourchon sur les rampes d'escalier, toujours prête à suivre ses aînés dans une nouvelle aventure. Marina, quant à elle, était d'une nature bien plus réservée. Elle avait un tempérament contemplatif et préférait lire à l'intérieur plutôt que de jouer dehors, et ce malgré l'insistance d'Eloise.

Marina n'avait pourtant jamais dépassé la trente-deuxième page du roman qui paraissait tant la passionner. Quel drôle de souvenir... Eloise n'avait que neuf ans à l'époque, mais le comportement de sa cousine l'avait tant intriguée qu'elle en avait longuement débattu avec sa sœur Francesca. Quel passe-temps singulier que de rester ainsi enfermée par une si belle journée, surtout si c'était pour faire semblant de lire! Marina demeurait un mystère insondable.

— Vous souvenez-vous d'elle?

— Un peu, répondit Eloise. Sans vraiment savoir pourquoi, elle ne tenait pas à partager cette anecdote avec Sir Phillip. Cette semaine passée vingt ans plus tôt en compagnie de sa famille au cours du mois d'avril était pourtant le seul souvenir de sa cousine qui lui revînt à l'esprit.

Phillip conduisit Eloise jusqu'au portrait de Marina. Elle posait sur une ottomane, vêtue d'une robe rouge sombre dont les plis s'étalaient avec grâce. Amanda était assise sur ses genoux, tandis qu'Oliver se tenait debout à ses côtés avec ce port sévère qu'on impose aux jeunes garçons et qui lui donnait l'air d'un adulte en miniature.

— Quelle charmante jeune femme, commenta Eloise.

Phillip contempla le portrait en silence, puis il détourna lentement la tête, comme s'il ne pouvait détacher son regard du visage de sa défunte épouse qu'au prix d'un immense effort.

L'avait-il aimée ? L'aimait-il encore ? Marina n'aurait jamais dû devenir sa femme, mais même si Phillip avait scellé cette union malgré lui, cela ne signifiait rien au regard de ses sentiments. Peut-être avait-il nourri un amour secret à son égard ? S'était-il épris d'elle après leurs épousailles ? Toujours est-il qu'Eloise n'avait pas manqué de lire le voile de tristesse qui venait d'assombrir son visage : il était profondément ému.

Tout à coup, Sir Phillip se tourna vers Eloise et plongea ses yeux dans les siens. Elle aurait voulu pouvoir détourner le regard, quelque peu honteuse d'avoir été ainsi prise en flagrant délit, mais en vain. Elle s'était laissée hypnotiser par son beau visage viril et elle restait comme paralysée, le souffle court, soudain submergée par une curieuse sensation de chaleur.

Sir Phillip se trouvait à quelques mètres d'elle, mais elle avait l'impression que leurs corps se touchaient.

— Eloise ? murmura-t-il.

Peut-être était-ce le son de sa voix, le craquement d'un arbre secoué par le vent, ou le hululement d'une chouette au clair de lune, toujours est-il que le charme se rompit brusquement. Eloise reprit ses esprits et s'empressa d'accorder toute son attention au portrait de Marina.

— Elle doit beaucoup manquer à vos enfants, déclara-t-elle, impatiente de reprendre la conversation.

— Oui, cela fait bien longtemps qu'elle leur manque.

Voilà une formule bien étrange, pensa Eloise.

— Je les comprends. J'étais moi aussi fort jeune lorsque mon père nous a quittés.

— J'ignorais que…

Eloise haussa les épaules.

— C'était il y a des années, aussi est-il est rare que j'aborde ce sujet.

— Vous a-t-il fallu longtemps pour surmonter votre chagrin? demanda-t-il en se rapprochant insensiblement d'Eloise.

— Je ne suis pas certaine que l'on se remette jamais de la mort d'un proche. Mais cette pensée ne m'obsède pas, si c'est bien le sens de votre question. Je pense que cette épreuve fut bien plus douloureuse pour mes frères aînés, et notamment pour Anthony, le plus âgé d'entre nous. C'était déjà un jeune homme à l'époque, et il était très proche de mon père.

— Comment votre mère a-t-elle réagi à son décès?

— Mère a tant souffert... Mes parents s'aimaient énormément. Elle a beaucoup pleuré les soirs dans sa chambre, persuadée que nous étions tous plongés dans un profond sommeil, car elle voulait nous épargner sa peine. Sa tâche n'était guère aisée, avec sept enfants à sa charge.

— Il me semblait pourtant que vous étiez huit.

— Hyacinthe n'avait pas encore vu le jour. Ma mère était enceinte de huit mois lorsque mon père nous a quittés.

— Mon Dieu, murmura-t-il.

Phillip ne croyait pas si bien dire. Par quel miracle Violette Bridgerton avait-elle réussi à s'acquitter de son rôle de mère? Eloise n'en avait aucune idée.

— C'était un accident. Père s'était fait piquer par une abeille. Une abeille, vous rendez-vous compte? Et puis... Mais, je vous ferai grâce du reste de ce récit qui ne prête guère aux réjouissances. Et si nous poursuivions notre visite? Que diriez-vous de me montrer votre serre? Quoi qu'il en soit, l'éclairage est bien trop faible pour que nous puissions admirer ces portraits comme il se doit.

Après avoir évoqué le décès de son père, Eloise ne tenait pas à demeurer plus longuement dans une galerie où flottait encore le souvenir des ancêtres de Phillip, trépassés depuis des siècles.

— Maintenant ?

— Ou demain peut-être, lorsqu'il fera jour.

— Nous pouvons très bien nous y rendre dès à présent, Eloise.

— Mais nous ne verrons goutte.

— Le clair de lune saura guider nos pas, et puis, nous emporterons une lanterne.

— Et l'air est glacial.

— Vous pouvez revêtir un manteau. Vous n'avez pas peur, n'est-ce pas ?

— Bien sûr que non ! rétorqua Eloise, piquée au vif.

Elle venait de mordre à l'appât qu'il lui avait tendu, mais il était trop tard pour reculer.

Sir Phillip haussa un sourcil dubitatif, ce qu'Eloise ne manqua pas d'interpréter comme une nouvelle provocation.

— Sachez, Monsieur, que je suis sans doute la femme la plus téméraire que vous ayez jamais rencontrée.

— Je n'en doute point, ma chère.

— Voilà que vous vous montrez condescendant maintenant...

Sir Phillip ne répondit pas, mais laissa échapper un gloussement amusé.

— Fort bien, rétorqua Eloise d'un ton badin. Ouvrez la marche, je vous suis.

— Comme il fait chaud ici ! s'exclama Eloise tandis que Phillip refermait la porte de la serre derrière elle.

— D'ordinaire, la chaleur est encore plus intense. Le soleil filtre par les panneaux de verre et réchauffe l'atmosphère. Mais le temps est couvert depuis quelques jours.

Phillip se rendait souvent la nuit dans sa serre lorsqu'il peinait à trouver le sommeil, ou qu'il luttait pour ne pas se ruer dans la chambre de Marina pour soulager ses ardeurs. Il n'avait jamais demandé à quiconque de l'accompagner. Même pendant la journée, il préférait travailler seul. Il redécouvrait à présent ces lieux à travers les yeux émerveillés d'Eloise. À la lumière du jour, la flore de cette serre ne se distinguait guère d'un sous-bois ordinaire, à l'exception de quelque rare fougère ou autre broméliacée exotique, mais sous les rais de nacre du clair de lune, la serre se métamorphosait en une jungle secrète peuplée de créatures magiques.

— Qu'est-ce que cela ? demanda Eloise en indiquant huit petits pots de terre alignés sur un établi.

— Il s'agit de l'une de mes expériences. Ce sont des pois, répondit Phillip, ravi de constater l'intérêt d'Eloise.

— Des pois comestibles ?

— Oui. J'essaie de développer une espèce plus charnue.

— Comme c'est curieux, murmura-t-elle. J'ignorais qu'il était possible d'accomplir de telles prouesses.

— Je ne suis pas certain que ça le soit. Cela fait un an déjà que j'y travaille...

— En vain ? Comme c'est frustrant !

— J'ai connu de maigres succès, mais je ne suis pas encore satisfait du résultat.

— J'ai tenté de planter des rosiers une année, mais pas un seul pied n'a survécu à mon talent.

— Les roses sont bien plus difficiles à cultiver qu'on ne le croit, Eloise.

— J'ai noté que vous en aviez pléthore.

— Un jardinier travaille à mon service.

— Un botaniste qui emploie un jardinier ? Comme c'est cocasse !

Phillip était certes un peu las d'entendre cette sempiternelle remarque, mais il ne laissa rien paraître pour ne pas froisser la jeune femme.

— Cela n'a rien de plus extraordinaire qu'un tailleur qui travaillerait avec une couturière.

Eloise réfléchit un instant, puis elle s'aventura un peu plus avant dans l'allée, s'arrêtant ici et là pour admirer diverses plantes, tout en réprimandant Sir Phillip lorsqu'il ne l'éclairait pas assez vite de sa lanterne.

— Je vous trouve quelque peu tyrannique ce soir, Eloise, dit-il en esquissant un sourire.

Eloise se retourna vivement, puis, voyant qu'il plaisantait, elle ajouta d'un ton badin :

— J'aime autant « autoritaire ».

— Dieu du ciel, vous seriez donc une maîtresse femme ?

— Je suis surprise que vous ne l'ayez pas déduit à la lecture de mes lettres.

Eloise se piquait au jeu et trouvait cette conversation fort amusante.

— Mais pourquoi croyez-vous que je vous ai invitée ? contra-t-il.

— Vous souhaitez donc épouser une femme qui prendra en main la gestion de vos affaires ?

Phillip voulait surtout trouver quelqu'un qui s'occupe de ses enfants, mais l'heure semblait bien mal choisie pour aborder pareil sujet. D'autant qu'Eloise le regardait comme si...

Comme si elle avait envie qu'on l'embrasse.

Tel un félin fasciné par sa proie, Phillip s'était rapproché d'elle, lentement, comme transporté par un songe fabuleux, sans avoir conscience de ce qu'il s'apprêtait à faire. Mais la curiosité de la jeune femme le tira soudain de sa rêverie :

— Qu'est-ce que c'est ?

— Une plante.

— Je sais bien que c'est une plante, répondit-elle en riant. Si...

Troublée, Eloise n'acheva pas sa phrase. Elle venait de remarquer la lueur qui brillait au fond des yeux de Phillip.

— Puis-je vous embrasser ? demanda-t-il en frôlant presque ses lèvres.

Eloise acquiesça d'un mouvement discret, mais sans ambiguïté.

Phillip effleura sa bouche avec délicatesse, comme on embrasse une femme que l'on veut épouser. Mais elle agrippa soudain sa nuque, et Phillip sentit s'embraser ses entrailles. Que Dieu lui vienne en aide ! Eloise venait de réveiller le volcan qui sommeillait en lui. Il en voulait plus, bien plus à présent. Il voulait sentir la chaleur de sa chair, là, tout contre la sienne. Phillip força le barrage de ses dents et immisça sa langue entre ses lèvres. Il la serra contre lui, glissa une main le long de son échine, tandis que l'autre s'aventurait sur la courbe de ses fesses. Puis il la plaqua violemment contre lui, et qu'importe qu'elle sentît palpiter contre son ventre toute l'ampleur de son désir. Cela faisait si longtemps... Elle était si douce, si fragile, ainsi blottie entre ses bras.

Tout d'abord hésitante, puis soudain animée d'une ardeur nouvelle, Eloise répondit à son appel et laissa échapper de petits gémissements à peine étouffés.

Elle le mettait au supplice.

— Eloise, Eloise, murmura-t-il, d'une voix rauque tout empreinte de passion.

Il la désirait.

Oui, tout entière, ici et maintenant, mais il savait que c'était chose impossible. Pas encore. Il devait attendre son heure.

Phillip plongea la main dans sa chevelure havane et dénoua son chignon délicat. Une épaisse boucle couleur châtaigne se détacha pour venir se lover au creux de son décolleté. Il l'embrassa dans le cou et goûta le sel de sa peau tandis qu'elle se cambrait pour mieux se blottir contre son corps musculeux. Mais, lorsque, transporté par le désir, Phillip se mit à effleurer sa poitrine de ses lèvres enflammées, Eloise se libéra de son étreinte et le repoussa brusquement.

— Je suis désolée, balbutia-t-elle, en couvrant sa gorge à peine dénudée.

— Vous êtes bien la seule, rétorqua Phillip.

Surprise par une telle franchise, Eloise écarquilla les yeux. Peut-être l'avait-il choquée, mais il n'avait jamais été poète, et mieux valait qu'elle l'apprenne dès aujourd'hui, avant qu'ils n'aient scellé leur union. Eloise ne manquait cependant pas de répartie et elle reprit bientôt leur joute verbale là où ils l'avaient laissée quelques instants plus tôt.

— Ce n'était qu'une façon de parler.

— Je vous demande pardon ?

— Oui, n'en croyez pas un mot. On dit ce genre de choses à toute occasion, pour éviter les silences et meubler la conversation. C'est un peu comme lorsque...

Eloise s'exprimait avec l'aplomb d'une maîtresse d'école, ce qui était tout à fait remarquable pour une jeune femme qui venait de connaître une étreinte aussi passionnée. Mais Phillip ne lui laissa pas le temps de conclure sa phrase et la serra de plus belle contre lui.

— Sir Phillip !

— Il arrive que le silence soit une bonne chose, répondit-il avec un sourire satisfait.

— Seriez-vous en train de sous-entendre que je parle trop ?

Sir Phillip haussa les épaules. Il s'amusait beaucoup trop à la taquiner ainsi pour chercher à la rassurer.

— Je vous signale que je me suis montrée bien moins bavarde que d'ordinaire.

— J'ai peine à le croire.

— Sir Phillip !

— Chuuut, dit-il en lui prenant la main. Il se trouve que nous avons justement besoin d'un peu d'animation ici.

Lorsque Eloise s'éveilla le matin suivant, elle était encore transportée par le souvenir du baiser que Sir Phillip lui avait donné la veille. Qui eut cru qu'elle connaîtrait de tels transports ?

Son estomac la tiraillait quelque peu et elle décida de descendre prendre son petit-déjeuner. Sir Phillip lui tiendrait-il compagnie ? Était-il matinal ? Ou bien préférait-il paresser au fond de son lit jusqu'à midi passé ? Il lui semblait idiot de ne pas connaître ces détails alors même qu'elle envisageait de lui accorder sa main. Et si d'aventure il se trouvait là, comment s'adresserait-elle à lui ? Y avait-il une formule d'usage lorsqu'un homme vous avait embrassée dans le cou et mordillé l'oreille ? Certes, cela n'avait pas été pour lui déplaire, mais les faits n'en demeuraient pas moins proprement scandaleux. Quelle ironie ! Elle qui s'était montrée si loquace la veille se retrouvait désormais à court d'arguments. Sir Phillip ne manquerait pas de trouver cela fort cocasse.

Avant de quitter sa chambre, Eloise s'assura tout d'abord que sa porte était bien fermée. Elle ne pensait pas qu'Oliver et Amanda lui joueraient deux fois le même tour, mais comment en être certaine ? D'autant qu'après l'incident du poisson, les deux garnements préféreraient sans doute l'asperger de quelque liquide nauséabond plutôt que de la couvrir de farine. Après quelques instants, Eloise se risqua dans le couloir et tourna à droite, en direction des escaliers.

— Oh ! s'exclama-t-elle soudain en plongeant tête la première.

Elle venait de trébucher sur un fil tendu en travers du passage. Elle n'eut pas même le temps d'amortir sa chute en projetant les mains en avant. C'est à peine si elle avait évité de justesse de s'écraser le nez contre les lattes du parquet. Ah, mon Dieu ! Elle avait le menton en feu. Elle souffrait tant qu'elle en avait les larmes aux yeux. Elle gémit quelques paroles incohérentes, puis resta immobile sur le sol en attendant que la douleur s'estompe quelque peu.

Mais en vain ! Elle avait mal partout : au menton, à la tête, au genou et à la hanche.

Eloise avait l'impression qu'on l'avait rouée de coups.

Lentement et au prix d'un immense effort, elle finit par se mettre à quatre pattes, puis elle s'assit sur son séant et s'adossa contre le mur.

— Eloise !

C'était la voix de Sir Phillip. La jeune femme ne prit pas la peine de lever les yeux. Elle craignait de raviver la douleur si d'aventure elle se déplaçait ne serait-ce que d'un centimètre.

— Oh, mon Dieu, dit-il en gravissant les marches quatre à quatre. Que vous est-il arrivé ?

— J'ai trébuché, répondit-elle d'un ton plaintif.

Avec une tendresse des plus insolites de la part d'un homme d'une stature aussi imposante, Sir Phillip prit sa main dans la sienne et examina son visage meurtri.

— Il faut mettre de la viande fraîche sur votre visage.

— Ai-je la pommette tuméfiée ?

— Oui, et il se peut que vous ayez un œil au beurre noir, mais il est encore trop tôt pour le dire. Souffrez-vous ?

Eloise acquiesça. Pourquoi la douceur de sa voix lui donnait-elle envie de fondre en larmes ? Le souvenir de l'entorse qu'elle s'était faite à la cheville en tombant d'un arbre lui revint soudain en mémoire. Elle avait retenu ses larmes jusqu'à la maison, mais elle n'avait pu s'empêcher d'éclater en sanglots dès qu'elle avait croisé le regard de sa mère.

— Ça ira, dit-elle enfin pour le rassurer.

— Que s'est-il passé ?

Eloise le savait très bien : on avait tendu un fil en travers du couloir pour la faire trébucher. Il n'était pas très difficile de deviner qui avait commis ce forfait, mais Eloise ne souhaitait pas qu'on punisse les coupables. En tout cas, elle ne tenait pas à ce que leur châtiment soit à la hauteur de sa chute, car elle ne pensait pas que ces deux garnements aient voulu la blesser. Trop tard ! Sir Phillip venait de repérer la ficelle.

Il s'était retourné à présent et gardait les yeux rivés sur elle. Il roulait entre ses doigts la ficelle que ses enfants avaient tendue en travers du couloir avec tant de rage qu'elle finit par céder sans même qu'il s'en aperçoive : cet homme n'avait pas conscience de sa force et cette scène avait quelque chose d'effrayant.

— Je ne l'ai pas vue, dit Eloise, impatiente de rompre un silence pesant. Sir Phillip ? murmura-t-elle.

Il ne l'entendit pas.

— Oliver ! Amanda ! hurla-t-il.

— Je suis certaine qu'ils ne voulaient pas me faire de mal, intervint Eloise sans trop savoir pourquoi elle prenait leur défense.

— Peu importe ce qu'ils avaient en tête. Vous étiez à deux doigts de basculer dans les escaliers ! Vous imaginez ce qui aurait pu arriver ?

— Je ne pense pas que...

L'escalier lui semblait bien trop loin pour représenter un quelconque danger, cependant Sir Phillip ne lui laissa pas le temps d'achever sa phrase.

— Ils devront répondre de leurs actes.

— Tout ira bien. Ne vous inquiétez pas.

La douleur s'atténuait déjà, néanmoins, lorsque Sir Phillip l'aida à se relever, elle laissa échapper un petit cri plaintif, ce qui ne fit que redoubler sa fureur.

— Je vous mets au lit d'office, déclara-t-il sans aucun ménagement.

Eloise n'osa pas protester.

— En voyant le visage tuméfié de la jeune femme, la servante qui parut sur le palier ne put s'empêcher d'écarquiller les yeux.

— Apportez-moi quelque chose pour soigner ça, ordonna Sir Phillip. Un morceau de viande. N'importe quoi.

La servante hocha la tête et rebroussa aussitôt chemin.

— Êtes-vous blessée ?

— À la hanche. Et puis au coude.

— Vous êtes-vous cassé quelque chose ?

— Non ! Non, je...

— Il faut que je vous examine de toute façon.

— Sir Phillip, je... protesta-t-elle.

— Mes enfants vous ont presque tuée, et je crois donc que vous pourriez m'appeler par mon prénom, dit-il sans la moindre pointe d'humour.

Sur ce, il se leva et traversa la pièce en quelques enjambées.

— Amenez-moi les jumeaux sur le champ, ordonna-t-il à un autre domestique posté derrière la porte.

— Phillip, laissez-moi m'en occuper. Après tout, c'est moi qui suis la victime, et...

— Il s'agit de mes enfants et c'est à moi de les châtier. Dieu sait si j'aurais dû le faire plus tôt.

Eloise le regarda avec une frayeur grandissante. Elle aurait bien volontiers administré une fessée à ces deux garnements, mais elle ne pensait pas qu'il fût raisonnable de laisser Phillip s'en charger dans cet état.

— Tout ira bien. Dans quelques jours, je ne...

— Ce n'est pas le propos, répondit-il sèchement. Si j'avais... Si je n'avais pas...

Phillip scruta le plafond comme pour y trouver les mots qui lui manquaient soudain.

C'est alors qu'Eloise comprit ce qui le rendait aussi furieux.

Il n'en voulait pas tant à ses enfants qu'à lui-même.

Il se trouvait indigne et méprisable, car il s'estimait inapte à tenir son rôle de père.

... que tu ne devrais pas le laisser t'embrasser ainsi. Qui sait quelles libertés il prendra lors de votre prochaine rencontre? Mais ce qui est fait est fait, j'imagine. Il ne me reste donc plus qu'une question à te poser : ce baiser était-il délectable?

(Billet d'Eloise Bridgerton à sa sœur Francesca, glissé sous la porte de sa chambre le soir de sa première rencontre avec le comte de Kilmartin. Il l'épousait deux mois plus tard.)

Lorsque ses enfants se présentèrent devant la chambre d'Eloise, Phillip se garda bien de trop s'approcher d'eux car il craignait de laisser libre cours à sa colère, et sans aucun remords qui plus est.

Oliver prit la parole ; il avait la voix tremblante.

— Père?

— Vous voyez Mademoiselle Bridgerton?

Les jumeaux hochèrent la tête de conserve sans toutefois oser poser leurs yeux sur le visage tuméfié d'Eloise – le contour de son œil gauche prenait peu à peu une teinte violacée.

— Ne remarquez-vous rien d'inhabituel?

Les jumeaux restèrent muets un long moment jusqu'à ce que la servante paraisse sur le seuil, un morceau de viande à la main.

— Avez-vous faim ? s'enquit alors Phillip sur un ton menaçant.

Pas de réponse.

— Non ? Tant mieux, car, aucun d'entre nous ne savourera ce steak et c'est fâcheux.

— Phillip prit le morceau de viande, traversa la pièce et s'assit aux côtés d'Eloise.

— Tenez, dit-il en déposant la viande sur son œil avant de la recouvrir d'un morceau d'étoffe pour éviter que la jeune femme ne se salisse les doigts en maintenant cette compresse.

Puis il repartit se planter devant les jumeaux.

— Regardez-moi, ordonna-il. Mais ils gardèrent les yeux rivés sur le bout de leurs chaussures.

Quand enfin ils osèrent relever la tête, Phillip lut de la terreur dans leurs yeux, celle-là même qu'il redoutait tant. Malheureusement, il ne pouvait plus reculer à présent.

— Nous n'avions pas l'intention de lui faire du mal, chuchota Amanda.

— Ah, vraiment ? Vous ne pensiez pas qu'elle pourrait se blesser en trébuchant sur cette ficelle ? poursuivit-il d'un ton sarcastique.

Silence.

Phillip regarda Eloise qui se palpait la pommette. Elle enflait à vue d'œil.

Il fallait que les jumeaux apprennent enfin qu'ils ne pouvaient pas se comporter de la sorte et qu'ils témoignent un peu plus de respect envers ses invités. Il fallait qu'il... Qu'il leur donne une leçon.

— Suivez-moi ! Tout de suite ! ordonna-t-il tandis qu'il les entraînait hors de la pièce, tout en priant que Dieu retienne sa main.

Eloise s'efforça de ne pas tendre l'oreille, mais c'était plus fort qu'elle. Elle ignorait où Phillip comptait les conduire, mais une chose était sûre : il allait leur administrer une sévère correction, et cette pensée ne la rassurait guère. Elle ne pouvait oublier la réaction d'Oliver lorsqu'il lui avait demandé la veille si elle allait les frapper. Le petit garçon avait même eu un mouvement de recul, comme s'il s'attendait à recevoir quelque gifle magistrale.

Non, c'était impossible. Sir Phillip ne brutalisait pas ses enfants... Il y avait une grosse différence entre la maltraitance et une bonne fessée bien méritée de temps à autre. Comment aurait-elle pu se tromper à ce point sur cet homme qui l'avait embrassée la veille ? Non, Phillip ne pouvait être aussi cruel. Elle aurait forcément senti que quelque chose clochait dans son attitude.

Après quelques instants qui lui semblèrent interminables, Eloise vit enfin revenir Oliver et Amanda, l'air sombre et les yeux rougis. À leur suite, Sir Phillip paradait d'un air triomphant. Gênée par la tranche de steak qui lui couvrait l'œil gauche, Eloise tourna la tête pour mieux les voir tandis qu'ils se rapprochaient à contrecœur de son lit.

— Nous sommes désolés, Mademoiselle Bridgerton, bougonnèrent-ils de concert.

— Plus fort, ordonna leur père.

— Nous sommes désolés.

Eloise acquiesça.

— Cela ne se reproduira plus, ajouta Amanda.

— Vous m'en voyez ravie, rétorqua Eloise.

Phillip s'éclaircit la voix et les jumeaux s'exécutèrent.

— Père a dit que nous devions nous racheter, déclara Oliver.

— Euh…

Eloise n'était pas très sûre de ce qu'ils entendaient par là.

— Vous aimez les bonbons ? demanda soudain Amanda.

— Les bonbons ? Oui, comme tout le monde, j'imagine.

— J'ai une boîte de bonbons au citron que je garde depuis des mois. Ils sont à vous.

Eloise sentit une boule se former dans sa gorge en voyant l'expression d'Amanda. La pauvre petite était au supplice. Eloise avait assez de neveux et nièces pour comprendre que ces enfants n'étaient pas heureux.

— Ça ira, Amanda. Vous pouvez garder vos friandises.

— Mais il faut que nous vous offrions quelque chose pour nous racheter, dit Amanda en lançant un regard terrorisé à son père.

Eloise s'apprêtait à lui dire que ce n'était pas la peine, lorsqu'elle se reprit juste à temps. Il fallait que ces enfants comprennent ce que signifiait le rachat, et elle ne tenait pas non plus à saper l'autorité paternelle.

— Très bien. Dans ce cas, vous pouvez me « donner » un après-midi.

— Un après-midi ?

— Oui. Dès que je me sentirai mieux, votre frère et vous m'accorderez tout un après-midi. J'imagine que vous connaissez Romney Hall comme votre poche et que vous pourriez m'aider à explorer le domaine. Vous m'emmènerez en promenade, mais à une seule condition : promettez-moi que vous ne me jouerez plus de mauvais tours.

— Promis, s'empressa de répondre Amanda.

— Oliver ! rugit Phillip.

— Aucune espièglerie ce jour-là, murmura enfin Oliver entre ses dents.

Phillip franchit la distance qui le séparait de son fils et l'empoigna par le col.

— Plus jamais de mauvais tours! Promis. Nous laisserons Mademoiselle Bridgerton en paix.

— J'espère que nous nous croiserons tout de même de temps à autre, répondit Eloise adressant un regard à Phillip pour l'inviter à reposer son fils au sol. Après tout, vous me devez un après-midi, n'est-ce pas?

Amanda risqua un sourire timide, tandis qu'Oliver ne desserra pas la mâchoire.

— Vous pouvez disposer maintenant, dit Phillip, et les enfants détalèrent aussitôt dans le couloir.

Les deux adultes se regardèrent en silence pendant un instant. Leurs visages exprimaient la même lassitude. Eloise restait sur ses gardes, comme si elle venait d'échouer au beau milieu d'un pays inconnu dont elle ne maîtrisait pas la langue. Elle faillit même laisser échapper un petit rire nerveux qu'elle masqua derrière un sourire fort peu convaincant. Que croyait-elle donc? Le contrôle de cette situation lui échappait totalement, et elle n'en comprenait pas même les enjeux. Pourquoi continuer à se voiler la face alors même qu'elle venait de recevoir la preuve de son impuissance?

— Comment vous sentez-vous? demanda enfin Phillip.

— Si je ne me débarrasse pas très vite de cette compresse, je crois bien que vais défaillir.

Phillip ramassa l'assiette sur laquelle on l'avait apportée et la lui tendit. Eloise y déposa la tranche de steak avec une grimace de dégoût.

— Je me laverais volontiers le visage. Cette viande a une odeur des plus tenaces.

— Permettez-moi d'examiner d'abord votre paupière.

— Avez-vous quelque expérience en la matière?

— J'ai un peu pratiqué, répondit-il en appuyant doucement sur la pommette d'Eloise avec son pouce. Regardez à droite.

— Pratiqué? demanda-t-elle en s'exécutant.

— La boxe... à l'université.

— Et vous étiez doué?

— Regardez à gauche... Assez bon.

— C'est-à-dire?

— Fermez l'œil.

— C'est-à-dire? insista-t-elle.

— Mais vous ne m'écoutez pas. Fermez l'œil, vous dis-je.

— Très bien, Phillip, mais je vous ai posé une question.

Phillip marqua un temps d'arrêt avant de lui répondre avec une pointe d'agacement dans la voix :

— On vous a déjà dit que vous étiez plutôt têtue?

— On me le répète sans arrêt. C'est mon seul défaut.

— Le seul? Vraiment?

— Le seul qui vaille la peine d'être mentionné. Mais, dites-moi, vous n'avez toujours pas répondu à ma question, il me semble...

— Très bien. Vous avez gagné. J'étais assez bon pour éviter de devoir me battre.

— Mais vous n'étiez pas un champion pour autant, ajouta-t-elle.

— Vous pouvez rouvrir l'œil maintenant. Et non, je n'étais pas champion.

— Pourquoi donc?

— Je n'y attachais pas assez d'importance, dit-il en haussant les épaules.

— Votre diagnostic, Docteur?

— Je ne pense pas qu'on puisse éviter le cocard.

— Je vais donc ressembler à une Gorgone des semaines durant !

— Cela ne durera peut-être pas si longtemps, Eloise.

— J'ai déjà vu un œil au beurre noir, vous savez. Mon frère Benedict avait mis deux mois à s'en débarrasser.

— Que lui était-il arrivé ?

— Mon autre frère...

— Inutile d'en dire plus. Je suppose que mon propre frère n'était pas moins chahuteur que le vôtre.

— De vrais sauvages, murmura-t-elle avec une pointe d'affection.

Phillip aida alors Eloise à descendre du lit pour la conduire jusqu'à la bassine d'eau qui l'attendait devant son miroir.

— Il vous faudra une chaperonne, ajouta Phillip tandis qu'Eloise se rinçait le visage.

— Ce détail m'était sorti de l'esprit.

— Je ne l'avais point oublié pour ma part, répondit-il après un instant de silence.

— Je suis navrée. Tout est de ma faute, car vous m'aviez écrit que vous prendriez vos dispositions. Je suis partie dans la précipitation et j'ai omis de vous laisser le temps d'entreprendre ces démarches.

Eloise s'était-elle rendue compte de ce qu'elle venait de dire ? Qu'une jeune femme du monde comme Eloise Bridgerton puisse avoir des secrets inavouables, c'était presque inconcevable. Pourtant elle était restée muette sur les raisons qui l'avaient poussée à se rendre dans le Gloucestershire. Elle avait certes admis qu'elle cherchait un mari, mais Phillip la soupçonnait de ne pas lui avoir tout dit. Pourquoi avait-elle quitté Londres dans la précipitation ? Que s'était-il donc passé ?

— J'ai déjà contacté ma grand-tante, ajouta-t-il en l'aidant à se recoucher. Je lui ai adressé une missive dès votre arrivée, mais je ne pense pas qu'elle puisse se joindre à nous avant jeudi. Elle demeure dans le Dorset, mais elle n'est pas femme à quitter sa maison à la première sollicitation. Il faut lui laisser tout le loisir de veiller à ces détails que les femmes ont semble-t-il besoin de régler avant d'entreprendre la moindre excursion.

Eloise acquiesça d'un air grave.

— Cela fait à peine quatre jours que je suis arrivée, et de nombreux domestiques travaillent à votre service. Ce n'est pas comme si nous nous étions retrouvés seuls au fond des bois, dans une cabane de chasse isolée.

— Si l'on venait à apprendre votre visite, votre réputation pourrait néanmoins en pâtir.

— Eh bien, qu'y puis-je à présent ? Si je rentrais chez moi avec une aussi vilaine figure, les moulins à ragots risqueraient fort d'en perdre leurs ailes d'avoir trop tourné.

Sir Phillip acquiesça, bien que mille et une questions l'assaillissent soudain. Pourquoi se souciait-elle si peu de sa réputation ? Même s'il n'avait pas beaucoup fréquenté les salons, Phillip savait que les femmes de son rang ne prenaient pas leur honneur à la légère. Sa réputation avait-elle déjà connu la ruine avant même qu'elle n'ait franchi le seuil de sa demeure ? Mais que lui importait-il après tout ?

Phillip savait ce qu'il recherchait, et cela n'avait rien à voir avec la pureté ou la chasteté, ni même avec tous ces autres idéaux que les jeunes filles convenables se devaient d'incarner. Quand bien même Eloise aurait été aussi repoussante qu'une vieille bique, il l'aurait épousée pourvu qu'elle soit pragmatique, efficace et douce avec ses enfants. Dans ce cas, pourquoi ressentait-il une pointe d'agacement à l'idée qu'Eloise ait pu avoir un amant ? La question semblait insoluble. Quoi qu'il en soit, il n'en restait pas moins ravi d'avoir rencontré une femme qu'il désirait vraiment.

Phillip attendit qu'Eloise ait fini de se caler confortablement contre une pile d'oreillers avant de poursuivre la conversation.

— Souhaitez-vous que je vous laisse vous reposer un peu ?

— Sans doute le faut-il, bien que je me sente en pleine forme. Il est à peine huit heures, soupira-t-elle.

— Neuf heures, corrigea-t-il après avoir jeté un coup d'œil à la pendule.

— Qu'importe ! Il est encore tôt, et la pluie s'est enfin arrêtée, ajouta-t-elle en regardant par la fenêtre.

— Aimeriez-vous vous asseoir dans le jardin ?

— J'irais plus volontiers me promener ! Ma hanche me fait toutefois un peu souffrir et j'imagine qu'un brin de repos ne saurait nuire. Aujourd'hui, tout au moins.

— Il vous en faudra bien plus, Eloise, répondit-il sans ménagement.

— Vous avez sans doute raison, mais je puis vous assurer que je ne pourrai pas rester cloîtrée un jour de plus.

Le visage de Phillip s'illumina d'un sourire. Eloise n'était pas femme à consacrer ses journées aux travaux d'aiguille ou à l'une de ces activités oiseuses qu'affectionnaient tant ses consœurs.

— Voulez-vous emporter un livre avec vous ?

Phillip vit le regard d'Eloise se voiler. Elle s'attendait à ce qu'il lui tienne compagnie, et Dieu sait s'il en mourait d'envie, mais il avait besoin de prendre un peu de distance, ne serait-ce que pour retrouver son équilibre. La fessée qu'il avait dû administrer à ses enfants l'avait beaucoup ébranlé.

Phillip ne voyait pas d'autre solution que de les punir ainsi une à deux fois par mois environ. Il n'en tirait aucune satisfaction et il en avait parfois même la nausée, mais que faire face à de telles espiègleries ? Phillip craignait de se montrer trop laxiste, et sans doute l'était-il puisque les jumeaux ne semblaient guère s'amender au fil des ans. Que dire du jour où ils avaient brisé plusieurs pots dans sa serre... Oliver et Amanda avaient prétendu que ce n'était qu'un accident, mais Phillip ne les avait pas crus. Il avait bien vu la lueur de malice qui brillait dans leurs yeux.

Sans parler de la fois où ils avaient profité du sommeil de leur gouvernante pour enduire sa chevelure de colle, si bien que cette pauvre Miss Lockhart était restée engluée aux draps de son lit jusqu'à ce que quelqu'un vienne la libérer. Aveuglé par la rage, Phillip s'était précipité à l'écurie pour s'y emparer d'un fouet, mais au dernier moment, il avait lâché ce maudit instrument tant il lui brûlait les doigts. Il n'avait pu se résoudre à leur infliger pareil châtiment, et le souvenir de cet épisode le faisait encore frémir d'horreur. Grand Dieu, non, jamais, ô grand jamais, il ne ressemblerait à ce père irascible et tyrannique qui avait été le sien.

Par conséquent, Phillip n'avait pas puni ses enfants et s'était retranché dans sa serre, submergé par le dégoût que lui inspirait sa propre personne. Il avait failli les fouetter ! Il ne savait pas les élever ; encore aurait-il fallu qu'il ait un bon père pour modèle. Thomas Crane n'avait jamais hésité à le rouer de coups lorsqu'il le jugeait nécessaire. Phillip se voyait donc condamné à reproduire ses actes si jamais il perdait le contrôle de lui-même.

Peut-être son union avec une femme qui saurait apporter tout l'amour dont manquaient ses enfants allégerait-elle le fardeau de sa culpabilité ? Mais rien n'était jamais aussi simple qu'on ne l'imaginait. Depuis qu'elle avait franchi le seuil de sa demeure, Eloise avait bouleversé sa vie. Il n'avait jamais imaginé qu'il puisse la désirer avec autant d'ardeur. Et lorsqu'il l'avait vue, là, gisant sur le sol, pourquoi avait-il ressenti pareille terreur ? Était-elle blessée ? Allait-elle le quitter ? Plierait-elle bagage pour s'en retourner à Londres sans plus tarder ?

Phillip avait besoin de se retrouver seul avec lui-même pour méditer, ou plutôt pour creuser la terre et tailler quelques plantes, et s'échapper enfin... Loin, bien loin de tous ces tracas quotidiens...

... jamais je ne me suis autant ennuyée. Colin, il faut que tu rentres à la maison. Je m'ennuie à mourir sans toi et je ne crois pas pouvoir supporter pareil ennui une minute de plus. S'il te plaît, reviens. Tu vois, je commence déjà à me répéter. Quel ennui souverain!

(Lettre d'Eloise Bridgerton à son frère Colin lors de sa cinquième saison dans le cercle des mondanités londoniennes, laquelle ne parvint jamais à son destinataire. Colin visitait alors le Danemark.)

C'était une magnifique journée : le soleil brillait au firmament, une légère brise rafraîchissait l'atmosphère, et Eloise se reposait sur une chaise longue des plus confortables – Phillip avait dû l'importer d'Italie. Elle n'avait jamais connu ennui plus abyssal : elle n'avait d'autre distraction que de songer à la fabrication des fauteuils, des sofas, mais aussi au manque de savoir-vivre de son hôte qui l'avait ainsi abandonnée à son triste sort, la laissant seule dans le jardin.

Eloise n'aimait guère rester tranquillement assise à contempler les nuages qui passaient dans le ciel. Elle aurait préféré faire quelque chose – partir en promenade, inspecter une haie, ou toute autre activité qui dissipe sa langueur. Peut-être qu'un peu de compagnie n'aurait pas lui non plus... Sir Phillip s'affairait dans sa serre. Elle brûlait de le rejoindre, mais refusait de lui donner cette satisfaction, surtout après avoir été délaissée de la sorte ! Ce serait lui faire trop d'honneur !

Eloise ramassa l'ouvrage qu'elle avait emprunté dans la bibliothèque de Sir Phillip. Cette fois-ci, elle était bien déterminée à venir à bout de ce satané manuel, dût-elle en mourir. Après tout, ce n'était que la quatrième fois qu'elle reprenait sa lecture. Elle était si peu concentrée qu'elle n'avait pas réussi à dépasser le premier paragraphe, mais quand bien même, elle n'allait pas déclarer forfait si vite.

En tout cas, voilà qui lui servirait de leçon à l'avenir !

Elle était dans une telle colère contre Sir Phillip qu'elle avait pris le premier ouvrage qui lui était tombé sous la main : *La Botanique des fougères*. Où avait-elle donc l'esprit ? Pire encore, Phillip risquait de penser qu'elle souhaitait en apprendre un peu plus sur ses centres d'intérêt.

N'y tenant plus, Eloise reposa son ouvrage, puis se leva et risqua quelques pas timides. Elle se sentait nettement mieux et décida de se rendre jusqu'au massif de rosiers qui se trouvait face à elle pour en humer le parfum. Les boutons n'avaient pas encore éclos – il était trop tôt dans la saison, mais peut-être exhalaient-ils déjà quelque parfum et puis...

— Que diable faites-vous donc là ?

— Sir Phillip ! s'exclama-t-elle.

Eloise avait été si surprise qu'elle en était presque tombée tête la première au beau milieu des rosiers. Quant à Phillip, il avait l'air fort mécontent.

— Vous étiez censée rester assise, me semble-t-il.

— Mais...

— Mais à l'évidence, ce n'est plus le cas, conclut-il.

Eloise décida qu'il valait mieux lui dire la vérité plutôt que de tergiverser des heures durant.

— C'est que, voyez-vous, je m'ennuyais.

— N'aviez-vous pas emporté un livre ?

— Je l'ai fini, répondit-elle en haussant les épaules.

Sir Phillip leva un sourcil dubitatif, mouvement qu'Eloise ne manqua pas de reproduire à son tour, comme pour couper court à toute question subsidiaire.

— Eh bien, il faut que vous restiez assise, dit-il sans ménagement.

— Je vais très bien, rétorqua Eloise en se tapotant la hanche. La douleur s'est estompée et je n'ai presque plus mal.

Phillip l'observa un instant avec l'air d'un homme qui cherche les mots les plus propres à exprimer sa colère. Il avait dû quitter la serre en toute hâte car il avait les ongles et les avant-bras maculés de terre noire, sans parler de ses vêtements qui étaient crasseux au possible. Un tel épouvantail n'aurait pas manqué d'affoler la bonne société londonienne, mais Eloise lui trouvait un certain charme dans cet accoutrement.

— Je ne peux pas travailler si je dois sans cesse me préoccuper de votre bien-être.

— Dans ce cas, cessez-là votre ouvrage.

N'était-ce pas l'évidence même ? songea Eloise qui eut toutefois le bon goût de lui épargner cette dernière remarque.

— Je n'ai pas terminé ce que j'étais en train de faire, grommela-t-il.

— Très bien. Alors, je vous accompagne, dit-elle en empruntant l'allée qui menait à la serre.

Comment diable Phillip comptait-il s'y prendre pour s'assurer de leur harmonie s'il ne lui consacrait pas un peu plus de temps?

— Mademoiselle, vous ne pouvez pas...

— Vous n'avez donc pas besoin d'aide? l'interrompit-elle sans attendre.

— Non, répondit-il sèchement.

Eloise commençait à perdre patience.

— Sir Phillip, puis-je vous poser une petite question? Êtes-vous bien l'homme que j'ai rencontré hier soir?

Phillip la regarda comme s'il s'agissait d'une folle échevelée tout juste échappée de l'asile.

— Je vous demande pardon?

— Oui, je vous parle de cet homme avec qui j'ai passé la soirée, poursuivit-elle avec une irritation grandissante, celui-là même avec qui j'ai partagé mon repas avant qu'il ne me fasse visiter sa demeure et sa serre. Vous savez, cet homme qui semblait apprécier ma compagnie, aussi étonnant que cela puisse paraître.

Phillip se contenta de la regarder fixement sans mot dire.

— Mais c'est bien le cas, murmura-t-il enfin.

— Pourquoi suis-je donc seule dans ce jardin depuis trois heures au moins?

— Cela ne fait pas trois heures...

— Peu importe! Je...

— Cela fait quarante-cinq minutes, vous dis-je.

— Quand bien même ce serait...

— Mademoiselle, comme vous vous en doutez peut-être, ce qui s'est passé ce matin m'a mis de fort méchante humeur. J'ai donc estimé qu'il valait mieux vous épargner une aussi fâcheuse compagnie que la mienne.

— Je vois, répondit Eloise qui n'en croyait pas un mot – il y avait forcément autre chose.

— Fort bien !

— Je vous laisse donc vaquer à vos occupations, conclut-elle en indiquant la serre d'un geste vague.

— Puis-je savoir quels sont vos projets pour la journée ? demanda-t-il d'un air suspicieux.

— Je vais sans doute rédiger quelques lettres. Ensuite, j'irai me balader.

— Je vous interdis de partir en promenade dans cet état.

— Sir Phillip, je vous assure que je me porte à merveille. J'ai sans doute l'air bien plus mal en point que je ne le suis en réalité.

— Je l'espère pour vous.

Eloise le foudroya du regard. Ce n'était qu'un œil au beurre noir après tout, rien de plus. Il n'avait nul besoin de sous-entendre qu'elle était défigurée.

— Je ne vous importunerai pas plus longtemps, rassurez-vous, rétorqua Eloise. Seule vous importe votre sacro-sainte tranquillité, n'est-ce pas ? Laissez-moi, je vous prie.

Phillip resta planté là, furieux d'entendre pareil reproche. Eloise, quant à elle, lui tourna le dos et se dirigea vers un portail qui ouvrait sur une autre partie du jardin.

— Halte-là ! Je vous ai pourtant défendu d'entreprendre quelque promenade que ce soit !

Eloise mourait d'envie de lui demander s'il avait l'intention de la ligoter sur sa chaise, mais elle retint sa langue de peur qu'il ne la prenne au mot.

— Phillip, je ne vois pas comment... Oh !

Il l'avait prise à bras-le-corps en marmonnant quelque commentaire peu flatteur sur la sottise des femmes, puis l'avait portée jusqu'à sa chaise et l'y avait laissé choir sans autre forme de procès.

— Restez-là, vous dis-je, ordonna-t-il.

— Vous n'avez pas le droit...

— Mon Dieu, vous pourriez avoir raison de la patience d'un saint ! Que faut-il que je fasse pour que vous vous teniez tranquille ?

— Je ne vois pas.

— Très bien. Partez donc en randonnée et visitez tout le pays si ça vous chante. Pourquoi ne traversez-vous pas la Manche à la nage ?

Ce sur quoi, Phillip tourna les talons et se dirigea vers sa serre en laissant la jeune femme abasourdie sur sa chaise.

Si Phillip n'avait pas encore compris qu'il s'était comporté en parfait malotru, la courte missive dans laquelle Eloise l'informait qu'elle comptait dîner seule dans sa chambre ce soir-là ne lui laissait plus aucun doute sur ce point. Le camouflet était d'autant plus sévère qu'elle avait passé l'après-midi à se plaindre de son absence.

Phillip dîna donc en solitaire et en silence, comme par le passé, sous le regard de ses domestiques qui savaient tous que Mademoiselle Bridgerton n'avait pas daigné se joindre à lui. Il se sentait mal à l'aise, imaginant les commérages qui s'en suivraient, dans le secret de la cuisine, bien que ce ne fût guère la première fois qu'il vivait une telle situation : Marina quittait rarement sa chambre.

Après avoir englouti sa soupe et son steak, Phillip était déjà plus que rassasié, mais il attaqua néanmoins la salade, enchaîna avec la volaille et conclut par le pudding. Peut-être Eloise changerait-elle d'avis pour le rejoindre finalement à la salle à manger ? C'était fort peu probable compte tenu de son caractère entêté, mais Phillip caressait l'espoir un peu fou de la voir paraître sur le seuil de la porte. Au bout d'un moment, il envisagea de lui rendre visite à l'étage, mais, même à la campagne, pareille audace aurait été déplacée. De toute façon, elle ne souhaitait certainement pas le voir. À moins qu'elle n'attende des excuses. Peut-être avait-il tort de ne pas les lui faire? À tout bien considérer, ce n'était pas la pire chose au monde. N'avait-il pas déjà songé à se jeter à ses pieds en l'implorant d'accepter sa demande en mariage?

Phillip n'avait ni le charme, ni l'élégance de son frère George, lui qui savait toujours comment se comporter en toute situation. George n'aurait pas même remarqué que les domestiques le dévisageaient d'un air goguenard. Quand bien même auraient-ils pu raconter derrière son dos, mis à part, peut-être, à mi-voix et le rouge au front: « Maître George est un sacré petit coquin... »? Phillip était beaucoup plus calme, plus réservé et sans doute bien moins doué qu'il ne l'aurait été dans son rôle de père et de maître des lieux. Phillip avait toujours voulu quitter Romney Hall pour ne plus jamais y revenir, du moins tant que son père était encore vie. George devait épouser Marina, qui lui aurait donné six beaux enfants, tandis que Phillip aurait endossé le rôle de l'oncle excentrique et bourru qui vivait à Cambridge et passait le plus clair de son temps reclus au fond de sa serre.

Mais cette terrible bataille en Belgique avait tout bouleversé.

L'Angleterre avait certes gagné la guerre à Waterloo, mais Phillip y avait perdu son frère et s'était retrouvé contraint de revenir à Romney Hall. Son père avait alors entrepris de façonner son cadet à l'image de George, son préféré. Un beau jour, alors même qu'il s'emportait une fois encore contre Phillip, Thomas Crane avait succombé à une attaque, là, sous ses yeux, terrassé par un accès de colère, et c'est ainsi qu'il avait hérité du titre de baronnet.

Il gérait fort bien les affaires du domaine : il avait introduit plusieurs nouvelles techniques agricoles apprises à l'université, et les cultures étaient devenues rentables pour la première fois depuis… Phillip n'aurait su le dire, mais une chose était certaine : elles n'avaient pas rapporté le moindre penny du vivant de son père. Maigre réconfort car il ne s'agissait après tout que de champs, et non de l'éducation de ses propres enfants.

Phillip aimait les jumeaux plus que tout au monde, mais il ne savait jamais comment s'y prendre avec eux. À l'exception peut-être de ce dîner avec Eloise et Amanda où, pour la première fois, il avait agi exactement comme il fallait. La présence de la jeune femme l'avait tant apaisé qu'il avait pu apprécier l'humour de la situation, là où, d'ordinaire, tout n'était que frustration. Avait-il besoin d'une autre raison pour l'épouser ? Il aurait voulu lui présenter ses excuses ce soir-là, monter la voir dans sa chambre, mais il s'abstint, craignant trop de commettre un irréparable impair.

Le lendemain, Eloise se leva de bonne heure, ce qui n'était guère surprenant vu qu'elle s'était couchée à huit heures et demie la veille. Elle avait amèrement regretté de s'être exilée ainsi, même si Sir Phillip l'avait profondément agacée. Elle détestait manger seule, les yeux rivés sur son assiette, à compter le nombre de bouchées qui lui restait à avaler avant de venir à bout de ses pommes de terre. Qui plus est, ce n'était pas ainsi qu'elle saurait si elle souhaitait épouser cet homme à l'issue de ce séjour.

Phillip pouvait certes se montrer bourru, mais son sourire... Eloise comprit soudain ce dont les jeunes femmes parlaient lorsqu'elles discutaient des attributs de Colin avec force trémolos dans la voix. Après tout, il s'agissait de son frère, et elle estimait pour sa part qu'il avait un sourire des plus ordinaires... Mais lorsque s'illuminait le visage de Phillip, il devenait un autre homme, et, même s'il gardait une réserve presque timide, une lueur diabolique et malicieuse s'allumait néanmoins au fond de ses yeux noirs. Phillip ne tomberait peut-être jamais amoureux d'elle, mais nul doute qu'il la chérirait sans la tenir pour acquise à aucun moment. Non, elle n'était pas prête à plier bagage, et ce malgré le comportement inacceptable de son hôte.

Lorsqu'Eloise se rendit à la salle à manger, un domestique l'informa que Monsieur était déjà sorti. Peut-être avait-il pensé qu'elle se lèverait tard et choisi de vaquer à ses occupations plutôt que de l'attendre, songea-t-elle pour se rassurer, même si la serre semblait tout aussi vide. Désœuvrée, elle se souvint alors de la "punition" imposée aux jumeaux : un après-midi en sa compagnie. Et pourquoi pas une matinée ? Sur ce, Eloise se mit à gravir d'un pas résolu les marches qui menaient à l'étage.

— Vous voulez aller nager ? demanda Oliver incrédule.
— Oui. Pas vous ?
— Non.
— Moi si, intervint Amanda en tirant la langue à son frère qui la fusilla du regard. J'adore nager, et Oliver aussi. Il est trop en colère contre vous pour l'admettre, voilà tout.
— Je ne pense pas que ce soit une très bonne idée, ajouta leur nurse, une dame sans âge et à l'air sévère.

113

— Sornettes! rétorqua Eloise qui avait immédiatement pris cette femme en grippe. (Nurse Edwards était le genre de mégère qui aimait à administrer des coups de règles aux enfants.) Le temps est fort clément pour la saison, et un peu d'exercice ne saurait leur nuire.

— Néanmoins... poursuivit la nurse, furieuse que l'on ose ainsi contester son autorité.

— Je leur inculquerai quelques leçons au passage. Ces enfants n'ont toujours pas de gouvernante, n'est-ce pas?

— En effet. Ces deux petits monstres ont enduit ses cheveux...

— Quelle qu'en soit la raison, je suis certaine que son départ a dû beaucoup alourdir votre charge : vous assumez désormais les fonctions de nurse et de gouvernante, et depuis plusieurs semaines...

— Pensez-vous! Des mois!

— Pire encore. À n'en pas douter, vous méritez bien une petite matinée, ne croyez-vous pas?

— Eh bien, je ferais bien volontiers une courte escapade en ville...

— Tout est réglé, dans ce cas. Vous êtes libre. Profitez-en bien.

Eloise n'était pas peu fière de son coup. Les enfants la regardaient, bouche bée, avec une sorte de crainte mêlée d'admiration.

— Vous êtes fort rusée, lui dit Amanda.

Oliver resta muet, mais il ne put s'empêcher d'acquiescer.

— Je déteste Nurse Edwards, déclara Amanda.

— Allons, allons...

— C'est vrai, elle est atroce, renchérit Oliver.

— Si seulement Nurse Millsby pouvait revenir! soupira la petite. Elle a dû nous quitter pour s'occuper de sa mère qui était souffrante.

— Depuis combien de temps Nurse Edwards est-elle ici ?

— Cinq mois, cinq longs mois.

— Je suis certaine qu'elle n'est pas si méchante... risqua Eloise.

— Oh que si ! l'interrompit Oliver.

Eloise n'allait pas se risquer à critiquer un autre adulte devant ces enfants, d'autant que Nurse Edwards devait conserver une certaine autorité à leurs yeux. Elle décida donc d'éluder le problème.

— Ce matin, c'est moi qui m'occupe de vous.

— Je vous aime bien, glissa timidement Amanda en la prenant par la main.

— Moi aussi je vous aime, répondit Eloise, l'œil humide.

Oliver ne pipa mot. Certaines personnes mettent plus de temps à accorder leur confiance que d'autres. Ces enfants avaient perdu leur mère, puis, peu de temps après sa mort tragique, leur nurse adorée, qu'ils connaissaient sans doute depuis leur plus jeune âge, les avaient quittés... Quelle tristesse ! Eloise se souvenait qu'elle n'avait pas lâché sa mère d'une semelle après le décès de son père, de crainte qu'elle ne disparaisse elle aussi.

— Je suis désolée pour votre œil au beurre noir, dit Amanda.

— C'est moins grave que ça n'en a l'air, répondit Eloise.

— C'est hideux, commenta Oliver avec un soupçon de regret dans la voix.

— En effet, mais je m'y habitue. Je ressemble à un soldat qui revient de la guerre après avoir triomphé de l'ennemi.

— Vous avez plutôt l'air d'avoir été vaincue, déclara Oliver.

— Balivernes ! Toute personne qui rentre de la guerre remporte la victoire.

— Est-ce que cela signifie qu'Oncle George a perdu ? s'enquit Amanda.

— Ton oncle était un héros, répondit Eloise avec respect.

— Mais pas notre père ? s'exclama Oliver.

— Votre père ne pouvait pas combattre car il avait de trop grandes responsabilités à Romney Hall. Mais voilà une conversation bien sérieuse pour une si belle matinée. Ne devrions-nous pas déjà être en train de nager ?

Les jumeaux se changèrent en deux temps trois mouvements et prirent le chemin du lac, ravis.

— Nous devons pratiquer notre arithmétique, lança Eloise en les voyant gambader devant elle.

Qui eut imaginé que le calcul mental puisse être aussi amusant ?

... comme je t'envie d'être à l'école! Quant à nous, tes chères sœurs, nous sommes censées rencontrer aujourd'hui notre nouvelle gouvernante : c'est la monotonie incarnée. Elle rabâche sans cesse des leçons de calcul. Notre pauvre Hyacinthe fond en larmes chaque fois qu'elle entend le mot « sept » (même si j'avoue avoir du mal à comprendre pourquoi les autres chiffres ne l'affectent pas autant). Je ne sais pas ce que nous allons faire. Peut-être lui tremperons-nous les cheveux dans l'encrier? Je parle de Mademoiselle Haversham, évidemment, bien que je n'exclue pas l'idée de faire subir un jour le même sort à Hyacinthe...

(Lettre d'Eloise Bridgerton à son frère Gregory, scolarisé à Eton.)

De retour du jardin, Phillip fut très surpris de trouver une maison aussi calme alors que, d'ordinaire, on entendait toujours quelque cri strident ou autre bris d'objet. Nurse Edwards avait dû emmener les jumeaux en promenade, se dit-il en savourant ce rare moment de quiétude. Eloise, quant à elle, était sans doute encore au lit, même si elle ne lui semblait pas du genre à paresser ainsi toute la matinée. Phillip venait de passer une heure à cueillir les roses les plus délicates, pour les offrir à Eloise, parmi les trois roseraies que comptait Romney Hall. Il était en effet parvenu à cultiver plusieurs espèces précoces. Il avait pris soin d'en sectionner les tiges pile à la bonne hauteur afin d'encourager l'éclosion de nouveaux bourgeons, puis il les avait dépouillées de leurs épines. Il savait s'occuper des fleurs, mais il était encore bien plus doué pour les plantes vertes. Cependant, il doutait qu'Eloise goûtât au romantisme d'un simple bouquet de lierre.

Phillip s'attendait à trouver la table dressée pour Eloise, mais la desserte était vide, ce qui signifiait qu'elle avait déjà pris son petit-déjeuner. Où diable était-elle donc passée ? C'est alors qu'une servante entra dans la pièce, armée d'un plumeau et d'un chiffon. Elle salua d'une révérence le maître de maison.

— Il me faut un vase pour ces fleurs.

Il n'avait pas l'intention de les garder toute la matinée à la main en attendant de croiser Eloise.

— Oh... Pendant que j'y suis, sauriez-vous par hasard où se trouve Mademoiselle Bridgerton ?

— Mademoiselle est sortie, Monsieur. Avec les enfants.

— Avec Oliver et Amanda ? De leur plein gré ?

La servante acquiesça.

— Voilà qui est intéressant. Espérons qu'ils ne la tueront pas !

— Sir Phillip ? demanda la servante, paniquée.

— Je plaisantais... Savez-vous où ils sont allés ?

— Au lac, je crois. Pour nager.

— Nager ? demanda-t-il, soudain pris d'un mauvais pressentiment.

— Oui, les enfants portaient leur tenue de bain.

Nager. Mon Dieu.

Il évitait le lac depuis le décès de Marina et avait formellement interdit aux enfants de s'y rendre. Il avait donné des instructions très claires à Nurse Millsby sur ce point, mais se pouvait-il qu'il ait oublié d'en informer Nurse Edwards ? Phillip laissa soudain choir les roses sur le sol et se rua hors de la pièce sans rien ajouter.

— Le dernier arrivé est un bernard-l'ermite, hurla Oliver en se jetant à l'eau.

— Non, c'est toi le bernard-l'ermite, lui répondit Amanda en pataugeant plus près de la berge.

— Tu es un bernard-l'ermite pourri, Amanda !

— Eh bien, toi tu es un bernard-l'ermite mort !

Eloise riait de bon cœur en regardant jouer les jumeaux. Elle n'avait pas apporté de tenue de bain depuis Londres – qui eut cru qu'elle en aurait besoin ? – et s'était donc contentée de nouer sa jupe et ses jupons juste au-dessus du genou. Un tel étalage de chair frisait l'indécence, mais quelle importance ! Elle se baignait avec des enfants de huit ans à peine. De toute façon, ils s'amusaient bien trop pour accorder la moindre importance à ses jambes nues. Eloise se demandait s'ils ne manquaient tout simplement pas d'un peu d'attention. Ils avaient perdu leur mère, et leur père les tenait à distance. Heureusement qu'ils étaient deux !

— Ne t'éloigne pas trop, lança-t-elle à Oliver qui n'appréciait pas qu'on le materne ainsi, mais qui se rapprocha néanmoins du bord après un bref instant d'hésitation.

— Vous devriez nous rejoindre, Mademoiselle Bridgerton, dit Amanda en s'asseyant sur le fond du lac. Ouh ! C'est froid !

— Pourquoi t'es-tu assise dans ce cas ? demanda Oliver. Tu savais pourtant que l'eau était froide, non ?

— Je m'y étais habituée.

— Ne t'inquiète pas, lui lança-t-il avec un grand sourire, ton postérieur s'y habituera aussi !

— Oliver, intervint Eloise sur un ton faussement réprobateur.

— Il a raison, s'exclama Amanda. Je ne sens plus du tout mon derrière.

— Je ne suis pas certaine que ce soit une bonne chose, commenta Eloise.

— Vous devriez nager. Vous vous êtes à peine mouillé les pieds.

— Je n'ai pas de tenue de bain, expliqua Eloise pour la sixième fois au moins depuis le début de leur escapade.

— Vous ne savez pas nager, c'est donc ça, lança Oliver.

— Je t'assure que je suis fort bonne nageuse, mais je ne vais pas abîmer l'une de mes robes préférées pour répondre à tes provocations.

— En tout cas, elle est très jolie, commenta Amanda.

Qui s'occupait de la garde-robe d'Amanda ? Nurse Edwards sans doute. Eloise aurait parié que personne ne l'avait jamais laissée choisir elle-même ses vêtements. C'était pourtant très amusant pour une petite fille de son âge.

— Merci, Amanda. Si tu veux, je t'emmènerai faire des courses avec moi.

— Oh, ce serait formidable. Merci ! Merci !

— Ah, les filles, commenta Oliver avec dédain.

— Tu seras bien content de nous avoir un jour, tu sais, lui dit Eloise.

Oliver haussa les épaules et se mit à éclabousser sa sœur.

— Arrête, hurla Amanda.

En vain.

— Oliver ! cria-t-elle de plus belle en s'avançant vers lui d'un air menaçant.

Mais l'eau ralentissait sa progression. Elle plongea donc tête la première et se mit à nager vers lui. Oliver poussa un cri de joie et prit la fuite, s'arrêtant juste le temps de reprendre son souffle et de lancer quelques provocations à sa sœur.

— Je finirai par t'avoir, grogna Amanda.

— Ne vous éloignez pas ! cria Eloise.

Cela importait peu cependant car, de toute évidence, les jumeaux étaient d'excellents nageurs. Les enfants Bridgerton avaient commencé à pratiquer ce sport dès l'âge de quatre ans. Eloise avait passé d'innombrables étés à jouer dans l'eau du bassin, non loin de leur demeure dans le Kent, et elle comprenait à présent à quel point ces séjours à la campagne lui avaient manqué. En effet, après le décès de leur père, leur mère avait préféré séjourner en ville. Sans doute cette demeure était-elle trop empreinte de souvenirs. Eloise adorait sa vie londonienne, et elle n'était pas prête à abandonner ses habitudes, ses amis et ses loisirs, mais elle commençait à se dire qu'elle n'aurait peut-être pas besoin de passer autant de temps dans la capitale.

Amanda finit par rattraper son frère et lorsqu'elle se jeta sur lui, ils disparurent tous deux sous la surface. Pendant ce temps-là, Eloise surveillait attentivement leur combat aquatique.

— Soyez prudents ! Oliver ! Ne tire pas les cheveux de ta sœur !

Oliver cessa sur le champ, mais il agrippa le col du maillot de sa sœur qui manqua presque de s'étouffer.

— Oliver ! Arrête ça tout de suite !

Le petit garçon obtempéra, mais Amanda profita de l'occasion pour le faire couler.

— Amanda ! hurla Eloise, mais la fillette fit semblant de ne pas l'entendre. Amanda, arrête ça immédiatement !

La petite finit par céder aux injonctions d'Eloise.

— Amanda Crane, je vais te... lança Oliver.

— Vous n'en ferez rien, dit Eloise d'un air sévère. Vous allez rester sages pendant au moins trente minutes.

— Mais qu'allons-nous faire dans ce cas ? demanda Amanda.

Bonne question.

Eloise avait pratiqué les mêmes joutes avec ses frères et sœurs lorsqu'elle était enfant et se trouvait donc à court d'idées.

— Et si nous nous séchions pour nous reposer un moment sur la berge ?

Les deux enfants prirent un air consterné.

— Nous devrions travailler nos leçons. Un peu d'arithmétique, par exemple. J'ai promis à Nurse Edwards que nous emploierions notre temps de façon constructive.

Cette dernière suggestion ne rencontra qu'un succès très mitigé.

— Très bien. Que proposez-vous les enfants ?

— Je ne sais pas, marmonna Oliver.

— Eh bien, quel intérêt y a-t-il à rester plantés là sans rien faire et puis...

— Sortez du lac !

Eloise se retourna brusquement, si surprise d'entendre un tel cri de rage qu'elle en perdit l'équilibre et tomba dans l'eau.

— Hors de l'eau ! tonna Phillip qui se précipitait déjà dans le lac.

— Sir Phillip, que?...

Il avait empoigné ses deux enfants avant même qu'Eloise n'ait eu le temps d'achever sa phrase et les ramenait sans ménagement vers la berge.

— Je vous ai pourtant défendu, vous m'entendez, défendu de vous approcher du lac, hurla-t-il en les secouant par l'épaule, mais vous...

— Mais, c'était l'an dernier, gémit Oliver.

— Ai-je jamais levé cette interdiction?

— Non, mais je pensais que...

— Eh bien vous aviez tort. Rentrez à la maison maintenant. Tous les deux.

Lorsqu'ils virent le regard furieux de leur père, les enfants détalèrent sans demander leur reste. Phillip attendit qu'ils soient hors de portée de voix avant de sermonner Eloise à son tour.

— Qu'aviez-vous donc en tête?

— Nous nous amusions juste un peu, répliqua la jeune femme avec une pointe d'insolence.

— Je ne veux pas que mes enfants s'approchent du lac. J'ai formulé des instructions très claires à ce sujet.

— Pas à ma connaissance.

— Eh bien, vous auriez dû...

— Comment aurais-je pu savoir cela? l'interrompit-elle avant qu'il ne puisse la traiter d'irresponsable. J'ai informé leur nurse de nos intentions et elle n'a rien mentionné de tel.

Phillip n'avait aucun argument valable à lui opposer, ce qui le mettait en rage. Les hommes! Le jour où ils admettraient une erreur, ils se changeraient en femmes sur le champ.

— Il fait chaud, poursuivit-elle. J'essayais de lier amitié avec vos enfants car l'idée d'un second cocard ne m'enchante nullement.

Eloise cherchait à le culpabiliser et elle avait fait mouche. Le voilà qui rougissait déjà en marmonnant quelques mots pour la rassurer. Eloise attendit encore un instant avec le fol espoir de l'entendre s'exprimer de façon intelligible, mais en vain. Phillip continuait néanmoins à la fusiller du regard.

— J'ai cru bon de leur proposer une activité amusante. Dieu sait si ces enfants en ont besoin!

— Qu'insinuez-vous au juste?

— Rien du tout. Nous nous sommes simplement baignés. Je ne vois pas le problème.

— Vous les avez mis en danger.

— Quel risque y a-t-il à se baigner dans le lac? Et encore, si je ne savais pas nager, je vous le concède, mais il se trouve que ce n'est pas le cas.

— Peu m'importe que vous sachiez nager ou non. Seuls mes enfants m'intéressent.

— Eh bien, sachez qu'ils nagent fort bien.

— De quoi parlez-vous?

— Vous n'étiez donc pas au courant? demanda-t-elle en inclinant légèrement la tête.

Pendant un instant, Phillip crut qu'il allait s'étrangler. Comment un père pouvait-il ignorer un tel détail? Cette voix, ce ton qui trahissait sa surprise mêlée d'une pointe de mépris résonnaient encore dans sa tête. Ses enfants grandissaient à ses côtés et il ne savait pas même quelles étaient leurs couleurs préférées. Rose? Vert? Bleu? Il ne valait pas mieux que son propre père. Thomas Crane les avait certes rossés, lui et son frère, comme des mules rétives, mais il avait au moins le mérite de connaître sa progéniture.

— Je... Je...

— Tout va bien? Phillip? murmura Eloise en se

rapprochant de lui. Je crois que vous devriez rentrer à la maison. Vous avez l'air au plus mal.

— Je vais...

Phillip aurait voulu la rassurer, mais les mots s'étranglaient dans sa gorge. Il ne savait plus très bien où il en était ces derniers jours.

Soudain Eloise se mordit la lèvre inférieure et croisa les bras sur sa poitrine comme pour se réchauffer. Elle leva les yeux vers le ciel tandis qu'une ombre passait au-dessus d'eux. Phillip suivit son regard et vit un gros nuage qui bloquait les rayons du soleil. La température avait chuté de plusieurs degrés.

— Vous devez rentrer sur le champ pour vous réchauffer, ordonna-t-il en la tirant par le bras.

— Phillip! hurla-t-elle en manquant de trébucher. Tout va bien. J'ai juste un peu froid. Laissez-moi au moins marcher!

— Vous êtes toute glacée, dit-il en lui touchant le front. Enfilez mon manteau, je vous prie.

— Je vous assure que tout va bien. Inutile de courir, rétorqua Eloise tout en acceptant quand même son manteau.

— Il est hors de question que vous attrapiez une pneumonie!

— Nous sommes en mai, Phillip.

— Peu m'importe que nous soyons en mai ou en juillet, vous ne garderez pas ces vêtements mouillés.

— Bien sûr que non, répondit Eloise en essayant de paraître raisonnable – il était inutile d'argumenter plus longtemps car Phillip ne ferait que s'entêter. Mais je ne vois pas ce qui m'empêcherait de rentrer à pied. Nous sommes à dix minutes de la maison. Je ne vais pas mourir en chemin.

Phillip sembla soudain exsangue. Jamais elle n'aurait cru voir visage aussi livide de toute sa vie.

— Phillip? Que se passe-t-il?

— Je ne sais pas, répondit-il après un long silence.

Eloise lui caressa le bras, puis elle plongea ses yeux dans les siens. Il avait l'air perdu, presque halluciné, tel un acteur qui aurait oublié son texte sur scène. Il ne la voyait plus, happé par un souvenir atroce, et la terreur qu'elle lisait sur son visage lui fendait le cœur. Elle comprenait sa douleur, elle qui avait vu son père mourir sous ses yeux à l'âge de sept ans. Il avait suffoqué et s'était effondré sur le sol. Elle avait martelé sa poitrine de ses petits poings pour le ranimer, mais en vain. Il était déjà mort.

Eloise avait réussi à surmonter cette épreuve. Comment? Elle n'en avait aucune idée. C'était sans doute grâce à sa mère, qui lui avait rendu visite chaque soir avant qu'elle ne s'assoupisse pour l'encourager à lui parler de son père. Il était naturel qu'il lui manque ainsi. Mais Phillip... Phillip avait connu une tout autre tragédie dont le souvenir continuait à le hanter et, contrairement à Eloise, c'est seul qu'il devait affronter son chagrin.

— Phillip, chuchota-t-elle en lui caressant la joue.

— Il avait la peau aussi froide que du marbre.

— Eloise voulait effacer de son visage cet air catastrophé. Elle souhaitait guérir ses plaies et le rendre à lui-même. Elle susurra son nom d'une voix pleine de compassion. Elle lui offrait son aide et elle espérait qu'il l'avait entendue.

Lentement, Phillip posa sa main sur la sienne – il avait la paume rude et chaude. Il la pressa contre sa joue, puis l'embrassa avec une ardeur mêlée de révérence, avant de la porter à son cœur.

— Phillip? murmura-t-elle.

Il glissa son autre main au creux de ses reins, l'attira à lui avec une violence contenue, pour lui administrer un baiser d'une intensité inouïe. Il voulait la dévorer tout entière et l'embrasser comme si sa vie en dépendait. Elle était son soleil, son oxygène, son âme, sa raison de vivre.

— J'ai tant besoin de vous, gémit-il d'une voix rauque, puis il l'attira contre son torse et lui arracha un soupir lorsque, d'une main puissante, il empoigna ses fesses.

Jamais Eloise n'eut osé imaginer qu'un homme puisse mettre tant de fougue dans un simple baiser. Elle sentit le sol se dérober peu à peu sous ses pieds tandis qu'il la couvrait d'innombrables baisers dont la brûlure exquise faisait frémir sa peau. Elle voulait qu'il la serre contre lui, fort, toujours plus fort, et pouvoir enfin s'abandonner à cette étreinte passionnée.

Mais...

Mais non, pas ainsi. Elle refusait qu'il se serve d'elle pour panser ses plaies et apaiser sa peine.

— Phillip, dit-elle. Pas comme ça.

Eloise crut bien un instant qu'il ne la relâcherait jamais, mais il finit par la libérer.

— Je suis désolé, dit-il, le souffle court et l'air hagard.

— Ne vous excusez pas, répondit-elle en lissant machinalement sa robe. Elle était trempée. Ce geste était donc inutile, mais elle craignait de se jeter à nouveau dans ses bras si elle ne s'occupait pas les mains.

— Vous devriez rentrer maintenant.

— Vous ne m'accompagnez donc pas?

— Vous n'allez pas geler sur pied. Après tout, nous sommes en mai, n'est-ce pas?

— Certes, mais...

Eloise ne savait trop que répondre. Elle espérait au fond d'elle-même qu'il allait l'interrompre, changer d'avis et l'escorter jusqu'à Romney Hall. Mais il garda le silence. Elle commença à gravir la petite colline qui surplombait le lac, puis marqua un temps arrêt lorsqu'elle entendit sa voix.

— J'ai besoin de réfléchir.

— À quoi? demanda-t-elle en se tournant vers lui.

Eloise n'aurait pas dû poser cette question indiscrète, mais il fallait toujours qu'elle se mêle de ce qui ne la regardait pas.

— Je ne sais pas. À tout et à rien, j'imagine.

Eloise acquiesça et poursuivit son chemin.

Elle ne put cependant oublier l'expression sinistre qu'elle avait lue dans son regard en le quittant et dont le souvenir hanta sa mémoire tout au long de la journée.

CHAPITRE NEUF

... Père nous manque, surtout à cette période de l'année. Mais songe à la chance que tu as eue de l'avoir connu pendant dix-huit ans. J'ai si peu de souvenirs de lui et j'aurais tant aimé qu'il puisse rencontrer la jeune femme que je suis devenue.

(Lettre d'Eloise Bridgerton à son frère le vicomte Bridgerton à l'occasion du dixième anniversaire de la mort de leur père.)

Eloise avait choisi d'arriver en retard pour le dîner, non qu'il soit dans sa nature de traîner ainsi, mais après ce qui s'était passé au cours de l'après-midi, elle se demandait si Phillip lui tiendrait compagnie ou non. À sept heures dix précises, Eloise décida que si Phillip n'était pas déjà en bas à l'attendre, elle souperait seule ce soir-là, et c'est forte de cette certitude qu'elle se rendit à la salle à manger. Quelle ne fut sa surprise lorsqu'elle aperçut Phillip qui l'attendait à côté d'une fenêtre, en haut des escaliers, vêtu d'un costume noir et blanc à la coupe impeccable. Portait-il encore le deuil de Marina ? Ou bien était-ce là ses couleurs préférées ? Après tout, les frères d'Eloise arboraient rarement les couleurs bigarrées en vogue chez les jeunes dandys de la bonne société londonienne et Sir Phillip ne lui semblait pas très enclin à suivre ce genre de mode.

Eloise s'attarda un instant sur le seuil pour admirer son profil sans savoir s'il l'avait entendue, quand enfin il se tourna vers elle, murmura son nom et franchit la distance qui les séparait pour l'accueillir comme il se doit.

— J'espère que vous accepterez mes excuses. Je me suis fort mal conduit avec vous cet après-midi.

— Inutile de vous excuser, Phillip.

Comment Eloise aurait-elle pu exiger quoi que ce soit alors qu'elle ne savait même pas ce qui s'était réellement passé ?

— J'insiste. Je...

Eloise se tut et se contenta de l'observer tandis qu'il s'éclaircissait la voix.

— Marina s'est presque noyée dans ce lac. Elle ne savait pas très bien nager.

— Je suis navrée, murmura-t-elle. Étiez-vous... ?

Eloise hésita un instant. Comment lui poser une telle question sans paraître d'une curiosité morbide ?

— Étiez-vous présent ?

— C'est moi qui l'ai hissée hors de l'eau.

— Quelle chance ! Elle devait être terrifiée.

Phillip garda le silence un instant.

— Je suis heureuse de savoir que vous ayez pu la sauver. C'eût été chose horrible que de la perdre ainsi, poursuivit Eloise.

Phillip la dévisagea d'un air étrange sans toutefois sortir de son mutisme.

— C'est... toujours très... difficile de perdre un être cher, de se sentir si impuissant face à la mort, s'empressa-t-elle d'ajouter. J'ai moi-même dû traverser cette épreuve.

Phillip lui lança un regard interrogateur.

— Mon père, ajouta-t-elle.

Eloise songea à ce qu'elle avait ressenti lorsque son

père s'était effondré à ses pieds. Même lorsqu'elle était enfant, elle avait besoin d'agir. Il fallait toujours qu'elle répare quelque chose ou qu'elle s'occupe des autres, mais cette fois-là, elle en avait été incapable. Eloise ne partageait pas ce souvenir douloureux avec n'importe qui. À dire vrai, en dehors des membres de sa famille proche, elle n'en avait parlé qu'à son amie Pénélope.

— Je suis désolé.

— Moi aussi, Phillip.

— J'ignorais que mes enfants savaient nager.

— Je vous demande pardon? s'exclama Eloise, surprise du tour inattendu que venait de prendre leur conversation.

— Non, je n'en savais rien. Je ne sais même pas qui le leur a enseigné.

— Cela vous importe-t-il vraiment?

— Oui, car c'est moi qui aurais dû m'en charger.

Phillip avait un grand cœur et, même s'il ne savait pas s'occuper de ses enfants, il les aimait vraiment. Elle en était certaine. Puis, comme elle n'appréciait guère les lamentations, Eloise ajouta avec la franchise qui la caractérisait:

— Eh bien, nous ne pouvons pas changer le cours du temps et leur désapprendre ce qu'ils savent déjà, n'est-ce pas?

— Vous avez raison, mais j'aurais dû au moins être au courant.

Il était inutile de sermonner ce pauvre homme qui semblait fort désemparé. Eloise poursuivit donc d'une voix plus douce:

— Vous avez du temps devant vous, vous savez.

— Pour leur apprendre à nager sur le dos et étendre ainsi leur répertoire? ironisa-t-il.

— Eh bien, pourquoi pas ? Vous pourriez aussi apprendre à mieux les connaître. Ce sont de charmants bambins.

Phillip lui lança un regard dubitatif.

— Je vous accorde qu'ils sont parfois turbulents...

Cette fois Phillip haussa le sourcil.

— Fort bien, ils commettent souvent des bêtises, mais ils ne réclament qu'un peu d'attention de votre part, vous savez.

— C'est ce qu'ils vous ont dit ?

— Bien sûr que non, répondit-elle en souriant devant une telle naïveté. Ils n'ont que huit ans. Comment pourraient-ils s'exprimer ainsi ? Mais cela me semble évident, dit-elle en s'installant à table, devant l'invitation du valet de pied, tandis que Phillip prenait place en face d'elle.

— Pensez-vous qu'ils se soient amusés ?

— Oui, beaucoup. Vous devriez les emmener au lac.

Phillip ferma les yeux quelques instants avant de reprendre la parole.

— Je ne crois pas en avoir la force, Eloise.

— Ou ailleurs, dans ce cas. Il doit bien y avoir un autre lac dans les environs. Ou même ne serait-ce qu'un bassin.

— Excellente idée... Je vais y réfléchir.

Eloise sentit son cœur se serrer dans sa poitrine : Phillip avait l'air si vulnérable, ainsi rongé par la culpabilité. Elle aurait voulu tendre la main, prendre la sienne, mais elle se contenta de lui sourire pour le réconforter quelque peu.

— J'espère que vous vous joindrez à nous.

— Avec plaisir.

— J'en serais très honoré, et même soulagé pour ne rien vous cacher. Votre présence serait garante du succès de cette petite expédition.

— Je suis certaine que vous...

— Nous nous amuserons bien plus en votre compagnie, coupa-t-il avec emphase.

Eloise décida d'accepter ce compliment et cessa d'argumenter.

— Que diriez-vous d'y aller demain si le beau temps persiste ?

— Je crois qu'il fera beau.

— Seriez-vous devin ou météorologue ? demanda-t-elle, sceptique. J'ai un cousin qui prétend en avoir le don, mais chaque fois que je l'ai écouté, je l'ai regretté amèrement...

— Je n'ai rien prétendu de tel, voyons... Mais il est possible de... Vous avez entendu ?

— Quoi donc ?

Eloise distingua soudain des éclats de voix, suivis par des bruits de pas ponctués par une volée d'insultes et un cri de terreur. C'était le majordome.

Eloise avait compris.

— Oh, mon Dieu, dit-elle en laissant choir sa cuiller dans son bol de soupe.

— Que diable ? s'exclama Phillip en se levant de son siège comme s'il se préparait à défendre les frontières de son domaine.

Mais il ne savait pas à quelle sorte d'envahisseurs diaboliques il aurait affaire dans quelques instants.

— Eloise ? répéta Phillip d'un air surpris lorsqu'il entendit quelqu'un qui hurlait son nom dans le couloir.

La jeune femme devint livide. Comment allait-elle survivre à cette confrontation sans commettre quelque meurtre ? Elle se leva et s'agrippa à la table en entendant le bruit des pas qui se rapprochaient dangereusement.

— L'une de vos connaissances, Eloise ?

— Mes frères, Phillip, mes frères.

Lorsque Phillip se retrouva plaqué contre un mur tandis que se refermaient sur sa gorge non pas deux, mais bien quatre mains puissantes, il se dit qu'Eloise aurait tout de même pu l'avertir du sort qui l'attendait.

Quatre gaillards furibonds aux larges épaules venaient de se jeter sur lui, et voilà que deux d'entre eux tentaient à présent de l'étrangler. Sans doute aurait-il mieux valu courtiser une jeune femme qui n'avait que des sœurs.

— Anthony ! hurla Eloise. Arrête immédiatement.

Anthony resserra son emprise. Phillip était sur le point de suffoquer.

— Benedict, supplia Eloise en s'adressant au plus imposant des quatre. Sois raisonnable.

Benedict se tourna alors vers sa sœur et remarqua son magnifique œil au beurre noir. Dans leur hâte, les quatre frères n'avaient pas fait attention à leur cadette, trop impatients d'écarteler celui qu'ils prenaient manifestement pour son ravisseur.

Benedict laissa échapper un grognement inhumain et plaqua violemment Phillip contre le mur, les mains toujours sur sa gorge.

Merveilleux, pensa Phillip. Maintenant qu'ils s'imaginent que j'ai frappé leur sœur, je vais enfin connaître le repos éternel.

— Arrête ! hurla Eloise en se ruant sur Benedict pour lui tirer les cheveux. Il lâcha prise pour repousser sa sœur, mais Anthony serrait toujours plus fort.

Eloise se battait comme une diablesse.

— Dieu du ciel ! Que quelqu'un me débarrasse de cette furie ! cria Benedict.

Mais aucun des deux autres frères ne vola à sa rescousse, ce qui ne manqua pas d'amuser Phillip, malgré la situation délicate dans laquelle il se trouvait. Un voile noir commençait en effet à obscurcir sa vision.

— Vous... vous l'avez frappée ? gronda Anthony.

Phillip était, bien entendu, incapable de répondre.

— Non ! Évidemment que non ! Jamais il ne m'a pas frappée.

— "Évidemment" ? Voilà qui semble assez déplacé, ma sœur, rétorqua Anthony.

— C'était un accident ! Il n'a rien à voir avec tout cela. Pour l'amour de Dieu ! Croyez-vous vraiment que je prendrais la défense de mon agresseur ?

Anthony relâcha enfin Phillip qui s'effondra sur le sol comme un pantin désarticulé. Il était à bout de souffle.

Quatre frères ! Lui avait-elle seulement dit qu'elle avait quatre frères ? S'il avait su, il n'aurait jamais demandé sa main. Il faudrait être fou pour se lier à pareille famille !

— Que lui avez-vous fait ? demanda Eloise en se précipitant sur Phillip.

— Et à toi ? Que t'a-t-il fait au juste ? rétorqua celui qui avait frappé Phillip à peine franchi le seuil de la salle à manger.

— Que faites-vous ici ?

— Je défends l'honneur de ma sœur.

— Comme si j'avais besoin de ta protection. Tu n'as pas même vingt ans !

Ah, pensa Phillip. Il devait s'agir de celui dont le prénom commençait par G. George ? Non. Gavin ? Non plus... Ses idées s'embrouillaient dans sa tête.

— J'ai vingt-trois ans !

— Certes, et j'en ai vingt-huit et je n'avais nul besoin de ton aide lorsque tu portais encore des couches !

Grégory. Oui, Grégory, c'était bien ça.

— Il voulait venir avec vous, intervint le quatrième frère qui n'avait pas encore tenté d'occire Phillip.

— Eh bien, tu aurais dû l'en empêcher. Te rends-tu compte de l'humiliation que vous venez de m'infliger ? Les quatre garçons la regardèrent comme si elle sortait d'un asile d'aliénés.

— Tu as perdu le droit de te sentir humiliée, embarrassée, chagrinée ou que sais-je d'autre. Quelle idiote ! Partir ainsi sans prévenir ! riposta Anthony.

— Vous croyez peut-être que j'aurais écouté les conseils de Grégory...

— Car tu aurais sans doute écouté les nôtres ? J'oubliais que tu étais un modèle d'obéissance et d'humilité.

— Pour l'amour du ciel, dit Eloise à mi-voix.

— Quant à vous, poursuivit Anthony en pointant sur Sir Phillip un index vengeur, je vous interdis de sortir d'ici ! Et toi, Eloise, as-tu perdu l'esprit ? As-tu la moindre idée des tourments dans lesquels tu nous as plongés ?

— Dire que j'avais cru que vous ne remarqueriez même pas mon départ, plaisanta-t-elle.

— Eloise ! Mère est morte d'angoisse.

— Oh non ! Je ne pensais pas que...

— En effet ! Tu mériterais qu'on te fouette ! Ou tout au moins qu'on te muselle.

Anthony connaissait fort bien sa sœur, se dit Phillip qui gisait toujours à terre.

— Où comptez-vous aller ? demanda Benedict à Phillip qui tentait en vain de se relever. Phillip se tourna alors vers la jeune femme.

— Il me semble que vous pourriez nous présenter, Eloise.

— Oh, oui, bien sûr. Voici mes frères.

— J'avais cru comprendre...

Eloise lui adressa un regard plein de contrition. Après tout ce qu'il venait de subir, Phillip n'en attendait pas moins.

— Anthony, Benedict, Colin et Grégory. Ces trois-là sont mes aînés et celui-ci n'est qu'un bébé, ajouta-t-elle en désignant Grégory d'un geste dédaigneux.

Phillip crut bien que Grégory allait bondir sur sa sœur pour l'étrangler à son tour.

— Sir Phillip Crane, mais j'imagine que vous savez déjà à qui vous avez affaire.

— Tu avais laissé une lettre dans ton bureau, expliqua Colin. Il faudra te montrer plus prudente à l'avenir si jamais il te prenait l'envie de t'enfuir à nouveau.

— Je saurai m'en souvenir, riposta Eloise.

— Puis-je enfin me relever? demanda Phillip.

— Non!

Phillip resta donc assis sur le sol. Sans vouloir se comporter en lâche, et malgré ses talents de boxeur, Sir Phillip ne tenait pas à affronter quatre adversaires en même temps. Il n'était pas suicidaire.

— Comment t'es-tu retrouvée avec un cocard pareil? demanda Colin d'une voix posée.

— C'était un accident.

— Cela t'ennuierait-il de nous fournir quelques détails?

Eloise interrogea Phillip du regard.

— Dites-leur la vérité, Eloise.

— Ce sont ses enfants, dit-elle enfin en grimaçant.

— Il a des enfants? demanda Anthony sur un ton plein de mépris.

— Deux. Des jumeaux. Un garçon et une fille. Ils ont huit ans.

— Félicitations, murmura Anthony.

— Merci. Vos condoléances seraient sans doute plus appropriées cela dit.

Anthony l'examina d'un air curieux. On aurait presque cru qu'il esquissait un sourire.

— Les jumeaux n'appréciaient guère ma présence, Anthony.

— Belle preuve de leur sagacité.

— Ils avaient tendu une ficelle dans le couloir pour me faire trébucher, poursuivit Eloise que cette dernière remarque n'amusait pas du tout. Un peu comme le tour que m'avait joué Colin en 1804.

— Tu te souviens encore de la date ? s'exclama l'incriminé.

— Elle n'oublie jamais rien, intervint Benedict.

— Je suis tombée, voilà tout !

— Sur l'œil ?

— Sur la hanche, Benedict, puisqu'il faut tout vous dire. Je n'ai pas eu le temps d'amortir ma chute et je me suis cogné la joue contre les lattes du parquet.

— Est-ce la vérité ? demanda Anthony à Phillip d'un air féroce.

— Sur le sépulcre de mon frère, je vous le jure. Les enfants vous le confirmeront si d'aventure vous estimiez nécessaire de les soumettre à un interrogatoire.

— Bien sûr que non. Jamais je ne... Levez-vous, dit Anthony en lui tendant la main. Nous attendons votre version sur l'escapade de notre sœur.

Eloise s'apprêtait à intervenir, mais un seul regard d'Anthony suffit à la réduire au silence. Jamais Phillip n'aurait cru la jeune fille capable d'une telle obéissance.

— Je vous écoute, Sir Phillip.

Phillip raconta brièvement comment Eloise était arrivée à Romney Hall. Il parla de leur correspondance en commençant par la lettre de condoléances que lui avait adressée Eloise.

— Je me suis toujours demandé ce qu'elle pouvait bien fabriquer dans sa chambre, commenta Anthony. Elle avait toujours de l'encre plein les doigts.

— Eh bien, vous savez tout maintenant... s'exclama Sir Phillip avant de poursuivre son récit. Je cherchais une femme et votre sœur me semblait intelligente et raisonnable. Mes enfants peuvent se montrer parfois quelque peu... exubérants, comme vous ne tarderez pas à le constater par vous-même. J'espérais que la présence d'une femme telle que votre sœur saurait les apaiser.

— Eloise? s'exclama Benedict incrédule. Les trois autres frères acquiescèrent en silence.

— Je dois reconnaître qu'elle a eu une merveilleuse influence sur mes enfants. Toute remarque à son sujet serait fort malvenue.

— Je crois que nous avons beaucoup de choses à nous dire, vous et moi, conclut Anthony avec calme.

— J'imagine que vous souhaitez d'abord vous entretenir avec votre sœur en privé.

Eloise lui lança un regard plein de gratitude. Comment aurait-elle pu supporter qu'on prenne des décisions concernant son avenir sans même la consulter?

— En effet. Je crois même que nous commencerons par là, si vous n'y voyez pas d'inconvénient.

— Passez donc dans mon bureau. Eloise vous y conduira.

Pourquoi diable avait-il ajouté cela? Les frères Bridgerton n'avaient nul besoin qu'on leur rappelle qu'Eloise séjournait en sa demeure depuis plusieurs jours déjà.

— Puis-je m'asseoir maintenant? demanda Phillip.

— Faites comme chez vous, répondit Colin avec emphase.

— N'hésitez pas à vous servir, ajouta Phillip en indiquant les mets qui trônaient sur la table.

Colin prit place et se jeta sur un petit pain croustillant, sous le regard consterné des deux autres frères.

— Ils sont délicieux, commenta Phillip.

— Tant mieux. Je meurs de faim !

— Comment peux-tu penser à manger ? l'admonesta Grégory.

— Mais j'y pense à toute heure, mon cher. Devrais-je penser à autre chose ?

— Oui, à ta femme !

— Ah oui, ma femme. Sachez, Sir Phillip, que j'aurais préféré passer la nuit avec mon épouse…

Phillip se dispensa de toute remarque sur cet épineux sujet car il risquait fort de commettre un impair envers la pauvre absente.

— Nous nous sommes mariés il y a quelques semaines à peine. Je n'avais donc nulle envie de la quitter, poursuivit Colin la bouche pleine, ce qui était la marque de son plus souverain mépris à l'égard de son hôte.

— Je vois.

— Vous avez compris ce que Colin vous a dit ? insista Grégory.

— Oui, sa femme lui manque.

— Ma – femme – me – manque ! reprit Colin en faisant lentement craquer les articulations de ses doigts.

— Assez, que diable ! s'exclama Phillip. Si vous devez m'écarteler, pourriez-vous avoir l'obligeance de vous exécuter sans attendre ?

CHAPITRE DIX

… jamais tu ne connaîtras la chance que j'ai, ma chère Pénélope, moi qui ai quatre frères. C'est tellement plus amusant que de n'avoir que des sœurs.

(Lettre d'Eloise Bridgerton à Pénélope Featherington après une expédition nocturne à Hyde Park en compagnie de ses trois frères aînés.)

— Tes options sont les suivantes, Eloise : tu épouseras Sir Phillip dans une, ou dans deux semaines. Au choix.

— Anthony !

— Tu t'attendais peut-être à ce que je te fournisse une alternative ? J'imagine que nous pourrions pousser jusqu'à trois semaines si tu nous fournissais quelque raison valable.

Eloise détestait le ton qu'affectait parfois Anthony. Il s'adressait à elle du haut de sa très grande sagesse comme à une enfant récalcitrante. Elle aimait autant qu'il se mette en colère car elle pouvait au moins l'accuser d'avoir perdu l'esprit et jouer la carte de l'innocente victime.

— Je ne vois pas pourquoi tu refuserais. N'es-tu pas venue ici pour épouser cet homme ?

— Non ! Je suis partie afin de déterminer s'il ferait un mari convenable.

— Quelle est ta conclusion ?

— Je ne sais pas. Je ne suis ici que depuis quelques jours.

— C'est bien plus qu'il n'en faut pour ruiner ta réputation.

— Qui est au courant de mon départ ? En dehors de la famille, bien sûr.

— Pour le moment, personne. Mais on finira par découvrir ton absence.

— Je devais bénéficier de la présence d'une chaperonne.

— Tu m'en diras tant.

— Elle arrive bientôt.

— Il est fort dommage que je sois arrivé le premier.

— En effet.

— Pardon ?

— Anthony, dit-elle d'une voix plaintive.

Il la foudroya du regard.

— Comme on fait son lit, on se couche, et j'ai bien peur que ta chambre nuptiale ne soit prête, ma chère.

— Tu voudrais que j'épouse un homme que je ne connais pas ?

— Est-ce bien la vérité ? Vous sembliez fort complices ! N'as-tu pas cherché à prendre sa défense à la moindre occasion ?

— Je ne le connais pas assez pour me lier à lui ! En tout cas, pas encore.

— Fort bien. Dans ce cas, quand seras-tu prête à l'épouser ? Dans une semaine ? Deux peut-être ?

— Arrête ! Je n'arrive pas à réfléchir.

— Tu ne réfléchis jamais, rectifia-t-il. Si tu avais eu une once de bon sens, jamais tu ne te serais enfuie de la sorte. Quels sont tes projets, Eloise ?

— Je ne sais pas.

— Eh bien, nous voici dans une impasse, si je comprends bien.

— Épargne-moi ce petit ton condescendant, veux-tu.

— Tu t'es enfuie en plein milieu de la nuit, sans un mot, sans même une lettre...

— Je vous avais laissé une note, s'exclama-t-elle enfin. Juste à côté du vase chinois, dans le hall d'entrée.

— Et que disaient ces mystérieux hiéroglyphes?...

— Je vous demandais de ne pas vous inquiéter, que tout allait bien et que je reprendrais contact avec vous dans un mois.

— Ah! Voilà qui nous aurait rassurés, c'est certain!

— Je ne comprends pas pourquoi vous ne l'avez pas trouvée. Cette note a dû s'égarer dans une pile d'invitations.

— Nous avons pensé qu'on t'avait enlevée.

Eloise blêmit soudain. Jamais elle n'aurait pu imaginer que sa famille puisse penser pareille chose, ni même que son message puisse se perdre ainsi.

— Sais-tu que Mère a bien failli mourir d'inquiétude?

— Je suis navrée.

— Et sais-tu aussi qu'elle s'est rendue à la banque pour y vérifier que ses affaires étaient en bon ordre afin de pouvoir retirer tous ses fonds si jamais on nous avait réclamé une rançon?

Eloise s'était fourvoyée. Elle avait fait preuve d'une très grande légèreté en quittant ainsi sa famille et elle s'en mordait les doigts maintenant.

— C'est grâce à Pénélope que nous avons retrouvé ta trace. Nous l'avons prié de fouiller ta chambre car elle connaissait les lieux mieux que quiconque.

Pénélope était peut-être la femme de Colin, mais c'était avant tout sa meilleure amie. D'ordinaire, Eloise n'avait aucun secret pour elle, mais elle lui avait caché la correspondance qu'elle entretenait avec Sir Phillip.

— Qu'a-t-elle découvert?

— Une lettre, contenant une fleur séchée, avait glissé hors de l'un des tiroirs de ton bureau.

— Il est botaniste.

— Je te demande pardon?

— Oui, c'est un botaniste. Sir Phillip. Il a étudié à Cambridge et aurait poursuivi ses études si son frère n'avait pas péri à Waterloo.

— Si jamais tu me dis qu'il s'agit d'un homme violent, qu'il te rouera de coups et te couvrira d'injures, je ne te forcerai pas à l'épouser. Mais avant d'entendre ton plaidoyer, je veux que tu m'écoutes attentivement. Tu es une Bridgerton. Peu m'importe le nom que tu porteras une fois mariée car tu appartiendras toujours à notre famille. Tu te conduiras dans les règles de l'honneur et de l'honnêteté, et non par simple devoir, mais car c'est de cette étoffe que nous sommes faits.

Eloise acquiesça, les yeux rougis par les larmes qui commençaient à perler au coin de ses paupières.

— C'est pourquoi je te demande de répondre à ma question, ici et maintenant: y a-t-il une raison qui puisse s'opposer à ton union avec Sir Phillip Crane?

— Non, murmura-t-elle sans l'ombre d'une hésitation. Je... je l'épouserai. Je voulais juste...

Anthony resta un instant silencieux, par respect pour la détresse de sa sœur qui cherchait à lui cacher ses larmes.

— Que voulais-tu, Eloise?

— J'espérais conclure un mariage d'amour.

— Je vois. Mais ne crois-tu pas que tu aurais dû y songer avant de t'enfuir?

— Tu aimes ta femme. Tu devrais me comprendre !

— J'ai épousé ma femme après avoir été surpris en sa compagnie dans une situation des plus compromettantes, ce qui n'a pas manqué d'aiguiser la langue de toutes les vipères du pays. Est-il besoin de te le rappeler ?

Eloise se sentit soudain stupide. Cela faisait si longtemps... Elle avait oublié les circonstances de ce mariage hâtif.

— Je n'aimais pas ma femme lorsque je l'ai épousée, ou tout au moins, je n'en avais pas encore conscience à l'époque.

— Tu as eu beaucoup de chance.

— Je sais.

— Lorsque Colin et Pénélope se sont mariés... je me suis sentie si seule, gémit-elle en se laissant choir sur un fauteuil. Je suis méprisable, superficielle et égoïste. Je n'ai pensé qu'à moi-même lorsqu'ils ont annoncé leurs épousailles.

— Tu es loin d'être méprisable, Eloise, et tu le sais.

Eloise leva les yeux vers son frère. Depuis quand était-il devenu si sage ? S'il avait ajouté une autre remarque désobligeante à son égard, le lien fraternel qui les unissait aurait été brisé à jamais. Mais non, Anthony, si arrogant, si fier de son sang, se tenait là, à ses pieds, cherchant à la consoler avec une voix pleine de tendresse.

— J'étais contente pour eux. Je suis contente pour eux.

— Je le sais.

— Pénélope est entrée dans la famille. Elle est devenue ma sœur. J'aurais dû être ravie, tout simplement.

— N'est-ce pas ce que tu viens de me dire ?

— Certes, mais je me suis sentie soudain si seule, et si vieille. Jamais je n'aurais cru que je me retrouverais délaissée de la sorte.

— Eloise Bridgerton, je ne pense pas que quiconque commettrait l'erreur de vous délaisser, ma chère, répondit Anthony en gloussant.

— J'imaginais que Pénélope serait toujours à mes côtés.

— Pénélope n'avait sans doute jamais songé à se marier. Pas plus que Colin d'ailleurs. L'amour nous réserve parfois des surprises, tu sais.

— Après avoir mentionné un éventuel mariage dans l'une de ses missives, Sir Phillip m'a invitée à lui rendre visite afin que cette rencontre nous permette de décider si nous étions faits l'un pour l'autre. J'ai tout d'abord pensé qu'il avait perdu la raison. Qui épouserait un inconnu ? Et c'est alors que Colin et Pénélope ont annoncé leurs fiançailles et le monde a soudain basculé. Je n'ai eu de cesse de penser à cette invitation.

Anthony lui pressa la main tendrement.

— Il fallait que j'agisse. Je ne pouvais pas rester là à attendre que quelque chose se passe dans ma vie.

— Eloise, te connaissant, c'est bien la dernière chose qui m'aurait inquiété.

— Antho…

— Non. Ne m'interromps pas, je te prie. Tu comptes au nombre de ces rares élues à qui la vie sourit sans cesse. Je t'ai vue grandir et j'ai parfois joué le rôle de père pour toi. Tu as toujours arrêté tes choix sans l'aide de quiconque, même si tu n'en as pas toujours eu conscience.

— Eh bien, c'est justement ce qui m'a conduite jusqu'ici. L'idée me semblait bonne.

— Peut-être découvriras-tu au final que tu ne t'étais point trompée. Sir Phillip a l'air d'être un homme honorable.

— Tu l'auras donc déduit alors même que tu tentais de l'étrangler, répondit-elle avec un petit air grognon.

— Tu serais surprise de ce que l'on apprend lors d'un combat.

— Tu appelles ça un combat ? À quatre contre un ?

— Je n'ai jamais dit qu'il s'agissait d'un duel équitable.

— Tu es incorrigible !

— Je trouve l'adjectif fort bien choisi si l'on pense à tes récentes entreprises.

Eloise se sentit rougir, mais Anthony changea brusquement de sujet et prit un ton résolu.

— Très bien, Eloise. Voilà comment nous allons procéder. Tu vas plier bagage et nous nous rendrons tous à My Cottage où nous séjournerons une semaine.

Eloise acquiesça. My Cottage était le nom quelque peu farfelu de la demeure de Benedict qui se trouvait non loin de Romney Hall, dans le Wiltshire. Il vivait là en compagnie de sa femme, Sophie, et de leurs trois fils. La maison n'était pas très vaste, mais elle offrait tout le confort nécessaire pour accueillir quelques Bridgerton en villégiature.

— Sir Phillip pourra te rendre visite chaque jour. Si j'estime qu'il est digne d'épouser ma sœur, vous gravirez les marches de l'autel, et sans tarder.

— Es-tu certain de pouvoir jauger le caractère d'un homme en une semaine, Anthony ?

— Il faut rarement plus de temps, et s'il subsistait l'ombre d'un doute, nous attendrions une semaine de plus, voilà tout.

— Sir Phillip ne souhaite peut-être pas nouer cette union.

— Je ne pense pas qu'il ait le choix.

Eloise sentit une boule se former dans sa gorge.

— Nous nous sommes bien compris, Eloise ?

Elle acquiesça. L'idée d'Anthony lui semblait raisonnable. Il lui restait une semaine pour trouver un moyen d'échapper à ce mariage forcé, si d'aventure Sir Phillip Crane ne lui convenait pas. Il pouvait se passer bien des choses d'ici là.

— Et si nous allions retrouver notre hôte ? Tu dois avoir faim, j'imagine.

— Encore faudrait-il que nos chers frères lui aient laissé la vie sauve.

— Voilà qui m'épargnerait au moins les frais attenants à un mariage.

— Anthony !

— Je plaisante, Eloise. Suis-moi, veux-tu ? Nous pourrons vérifier si ton Sir Phillip est encore de ce monde.

— Et c'est alors que la serveuse de cette taverne arriva. Elle avait les plus gros... expliquait Benedict à l'assemblée en alliant le geste à la parole, lorsqu'Eloise et Anthony entrèrent dans la pièce.

— Benedict ! s'exclama Eloise.

Benedict adressa un coup d'œil coupable à sa sœur et reprit une posture un peu moins indécente.

— Je suis navré, Eloise.

— Je te rappelle que tu es un homme marié ! gronda-t-elle.

— Il n'est pas aveugle pour autant, intervint Colin, sourire aux lèvres.

— Eloise, il est impossible d'ignorer certaines choses, surtout pour un homme, poursuivit Grégory avec condescendance.

— C'est vrai, admit Anthony. J'étais présent ce jour-là.

— Sir Phillip ?

— Eloise, vous me pardonnerez, mais je sais fort bien de qui il s'agit. Je me suis rendu plusieurs fois dans cette auberge et je dois dire que Lucy est célèbre à des lieues à la ronde.

— J'ai même entendu parler d'elle, ajouta Benedict. Je n'habite qu'à une heure de route de Romney Hall.

— Et alors ? L'avez-vous jamais... demanda Grégory en se penchant vers Phillip avec un air entendu.

— Grégory ! hurla Eloise.

C'en était trop. Ses frères n'auraient jamais dû parler ainsi en sa présence, et s'il y avait bien une chose qu'elle ne souhaitait pas savoir, c'était si Sir Phillip avait culbuté une serveuse dont les seins étaient plus gros que des citrouilles.

— Elle est mariée. Et je l'étais aussi à l'époque, répondit Phillip.

— Il fera l'affaire, chuchota Anthony en se tournant vers sa sœur.

— Sache que je suis absolument ravie d'apprendre que tu décides de l'avenir de ta sœur adorée sur des bases aussi solides.

— Comme je te l'ai dit, Eloise, j'ai vu Lucy, et cet homme a fait preuve de beaucoup de retenue.

— Tu veux dire que tu as été tenté ? s'exclama Eloise les poings sur les hanches.

— Bien sûr que non ! Kate m'égorgerait.

— Je ne parle pas du châtiment que t'infligerait ton épouse si tu t'écartais du droit chemin, même si d'après moi, elle ne commencerait pas forcément par la gorge...

— Non, admit-il. Mais ne le dis à personne. Après tout, n'ai-je pas une réputation quelque peu canaille ? Je ne voudrais pas que l'on pense que je me suis rangé.

— Tu es pitoyable, Anthony.

— Et pourtant, ma femme n'en est pas moins folle de moi. C'est tout ce qui compte, n'est-ce pas ?

Eloise laissa échapper un soupir. Sans doute avait-il raison.

— Qu'allons-nous faire de vous ? dit-elle en désignant d'un geste de la main ses quatre frères.

— Pour ma part, je vais commencer par me joindre à eux, répondit Anthony en prenant place à la table.

Eloise resta plantée sur le seuil de la pièce à regarder son frère qui se versait un verre de vin. Ils parlaient à présent de boxe. Phillip montrait un mouvement à Grégory, quand, tout à coup, il lui décocha une droite.

— Je suis confus, s'excusa Phillip en tapotant Grégory sur l'épaule. La douleur devrait s'estomper bientôt. J'ai quant à moi déjà beaucoup moins mal au menton.

— Sir Phillip ? Puis-je vous voir un instant ?

— Bien sûr, Eloise, dit-il en se levant promptement.

— Quelque chose ne va pas ?

— Je craignais qu'ils ne vous tuent.

— Oh, mais ils n'ont rien fait de tel.

— Merci, j'avais compris. Que s'est-il passé ?

Phillip se retourna pour jeter un coup d'œil à ses hôtes inattendus. Anthony dévorait les quelques miettes que lui avait laissées Colin ; Benedict se balançait sur sa chaise tandis que Grégory fredonnait les yeux fermés, un sourire béat plaqué sur le visage. Il songeait sans doute à Lucy, ou plutôt à ses généreux attributs, puis il haussa les épaules.

— Depuis quand êtes-vous devenus les meilleurs amis du monde ?

— Oh, c'est étrange en effet. Je les ai suppliés de m'écarteler.

Eloise n'y comprenait plus rien.

— Il semblerait que cela ait brisé la glace, ajouta-t-il.

— Vraiment ?

— Nous devons nous marier, déclara-t-il soudain en voyant qu'Anthony les observait.

— Je sais.

— Ils m'écartèleront pour de bon si je refuse.

— Et bien plus encore croyez-moi sur parole ! Mais je pense qu'une femme aimerait apprendre qu'on a jeté son dévolu sur elle pour des raisons un peu moins triviales.

— Bien.

Phillip clignait des yeux avec l'air de quelqu'un qui ne sait que répondre et cherche néanmoins à garder une certaine contenance.

— Combien de verres de vin avez-vous bus ?

— Trois seulement. Peut-être quatre.

Eloise jeta un coup d'œil à la table sur laquelle trônaient trois cadavres de bouteille.

— Je ne me suis pas absentée si longtemps.

— Entre trinquer avec vos frères ou les laisser m'écarteler, j'ai opté pour le choix le plus raisonnable.

— Anthony ! cria-t-elle soudain. Je veux m'en aller.

Eloise en avait assez de Phillip, de ses frères, de ce mariage et de toute cette maisonnée. Elle n'avait plus aucune maîtrise de la situation : c'était intolérable !

— Maintenant, Anthony.

— Bien sûr, Eloise.

De toute sa vie, Eloise n'avait jamais ressenti une telle joie en montant dans une voiture.

... ne puis souffrir un homme qui boit à l'excès. C'est pourquoi vous comprendrez qu'il m'est impossible d'accepter la proposition de Lord Wescott.

(Lettre d'Eloise Bridgerton à son frère Benedict dans laquelle elle lui expliquait les motifs de son refus après avoir décliné cette seconde demande en mariage.)

— Non ! Ils n'ont pas osé ? s'exclama Sophie, l'épouse à la silhouette éthérée de Benedict Bridgerton.

— Mais si... Et ensuite ils se sont tous enivrés, répondit Eloise en se calant dans son fauteuil.

— Les monstres ! Ne me dites pas qu'ils ont encore évoqué cette fameuse Lucy ?

Eloise comprit soudain pourquoi elle détestait à ce point l'attitude potache qu'affectionnaient les hommes lorsqu'ils se retrouvaient entre eux. Elle avait besoin d'en discuter avec une femme raisonnable.

— Vous en avez entendu parler vous aussi ?

— Qui ne connaît pas Lucy ! Dieu sait qu'il est difficile d'ignorer sa présence lorsqu'on la croise dans la rue. Mais pour être honnête, je plains cette pauvre femme qui n'a jamais sollicité tant d'attention. Et puis, elle doit avoir les reins brisés.

Eloise réprima un gloussement.

— Posy lui a même demandé si elle n'avait pas trop mal au dos.

Eloise resta un instant stupéfaite. Posy avait vécu chez les Bridgerton pendant des années avant d'épouser Hugh, le frère de Sophie. Cet homme jovial, vicaire de son état, vivait avec sa femme à quelques kilomètres de là. Posy était sans doute la personne la plus sociable qu'Eloise ait jamais rencontrée. Il n'était donc pas surprenant qu'elle se soit liée d'amitié avec une simple serveuse.

— Lucy est l'une des paroissiennes de Hugh, expliqua Sophie. Il était donc inévitable que Posy la croise un jour.

— Que lui a-t-elle dit ?

— Posy ?

— Non, Lucy.

— Oh, je ne sais pas. Posy s'est montrée intraitable et n'a rien voulu me dévoiler de leur conversation. Et dire qu'elle ne m'avait jamais rien caché de toute sa vie ! Mais elle ne pouvait pas trahir la confiance d'une paroissienne non plus.

— Je trouve cela fort noble de sa part, ma chère Sophie.

— Tout cela ne me concerne guère de toute façon. Jamais Benedict ne ferait le moindre faux pas.

— Bien sûr que non.

L'idylle de Benedict et Sophie était légendaire dans la famille. C'était d'ailleurs l'une des raisons pour lesquelles Eloise avait refusé tant de demandes en mariage. Sans amour, qu'importaient la richesse ou la gloire ? Elle voulait, elle aussi, connaître une histoire d'amour semblable, pleine de passion et de rebondissements.

— Mais, poursuivit Sophie, je ne pense pas qu'il soit déraisonnable d'exiger de Benedict qu'il fasse preuve d'un peu de retenue lorsqu'il nous arrive de croiser cette pauvre Lucy.

Eloise s'apprêtait à acquiescer avec force lorsqu'elle vit Sir Phillip qui traversait la pelouse. Il venait à leur rencontre.

— Est-ce lui ? demanda Sophie.

Eloise hocha la tête.

— Il est fort bel homme.

— Oui, je crois en effet.

— Vous croyez ? Ne jouez pas les effarouchées avec moi, Eloise Bridgerton. Je vous connais mieux que quiconque, ne l'oubliez pas.

— Très bien. Sir Phillip est fort bel homme, j'en conviens, pour qui apprécie la rudesse de la vie rurale...

— Mais c'est votre cas, répondit Sophie avec impertinence.

— C'est possible, marmonna Eloise.

— Et puis, regardez... Il vous a apporté des fleurs.

— Il est botaniste.

— L'attention n'en est pas moins charmante.

— L'effort n'en est que moindre.

— Eloise, cessez cela sur le champ.

— Quoi donc ?

— Vous condamnez ce pauvre homme avant même qu'il n'ait pu faire ses preuves.

— Mais il n'en est rien, ma chère.

C'était un mensonge éhonté, mais Eloise ne tolérait pas que les membres de sa famille se mêlent de ses affaires, si bien intentionnés soient-ils.

— Eh bien, je trouve que c'est fort gentil à lui de vous apporter des fleurs. Peu m'importe qu'il en ait des milliers dans ses jardins. Il y a pensé, c'est là l'essentiel.

Eloise aurait tant voulu se montrer un peu plus enjouée, mais elle ne parvenait pas à dissiper son humeur maussade.

— Benedict ne m'a pas donné tous les détails de cette histoire. Vous connaissez les hommes : ils ne nous informent jamais de ce qui nous intéresse pourtant au plus haut point.

— Que voulez-vous savoir ?

— Pour commencer, est-il vrai que vous ne l'aviez pas rencontré avant votre fugue ?

— Pas en personne.

— Quelle belle histoire romantique !

Eloise sentit une boule se former dans sa gorge. Il était encore trop tôt pour connaître l'issue de toute cette aventure, même si son mariage avec Sir Phillip n'était sans doute plus qu'une question de jours. Elle ne l'aimait point, pas encore du moins, et commençait à se demander si elle n'avait pas commis une terrible erreur, en songeant à la tendresse avec laquelle Benedict contemplait Sophie.

Avait-elle envie d'épouser un homme qui cherchait avant tout une mère pour ses enfants ? Un mariage sans amour valait-il mieux que l'infinie solitude du célibat ? Eloise ne trouverait réponse à toutes ces questions qu'après avoir scellé cette union avec Phillip... et il serait alors trop tard. Le suicide offrait sans doute une échappatoire des plus aisées, mais Eloise goûtait bien trop les plaisirs de la vie pour tenter de se soustraire ainsi à ses obligations matrimoniales.

— Mademoiselle Bridgerton, permettez-moi de vous offrir ces quelques orchidées, déclara Sir Phillip en lui tendant le bouquet.

— Merci. Elles sont magnifiques, répondit Eloise en souriant, soudain prise de ce léger vertige mâtiné de joie qui s'emparait d'elle dès qu'elle apercevait Sir Phillip.

— Où avez-vous donc trouvé des orchidées en cette saison ? demanda Sophie. Elles sont exquises.

— Je les ai cultivées dans ma serre.

— Oui, bien sûr. Eloise m'a dit que vous pratiquiez la botanique. J'apprécie moi aussi le jardinage, même si je dois avouer ne pas y connaître grand-chose. Je suis certaine que nos jardiniers voient en moi un véritable fléau.

— Mais où avais-je donc la tête ? intervint Eloise. Sir Phillip, je vous présente ma belle-sœur, Sophie. Elle est l'épouse de Benedict.

— Madame, dit-il en saluant Sophie.

— Je suis enchantée de faire votre connaissance. Mais par pitié, appelez-moi par mon prénom. Il semblerait après tout que vous fassiez presque partie de la famille.

Eloise rougit.

— Oh ! Je ne disais pas cela par rapport à vous, Eloise, bredouilla Sophie. C'est juste que j'ai entendu... Enfin... Vous aviez beaucoup bu...

— Un détail que j'aimerais oublier si possible.

— Il est remarquable que vous en ayez gardé le souvenir, lui lança Eloise d'une voix suave.

— Trop aimable à vous.

— Avez-vous mal à la tête ?

— Terriblement.

Eloise aurait dû montrer un peu plus de compassion à son égard, d'autant plus que Phillip lui avait apporté une superbe composition, mais elle ne pouvait s'empêcher de penser qu'il l'avait bien mérité.

— Parfait, murmura-t-elle.

— Eloise ! s'exclama Sophie d'un ton désapprobateur.

— Mais dites-moi, comment Benedict se sent-il pour sa part, ma chère sœur ?

— Un ours! Et Grégory ne s'est pas encore levé.

— Il semblerait, mesdames, que je m'en sois plutôt bien sorti, ajouta Sir Phillip.

— Monsieur, puis-je vous offrir un rafraîchissement, non alcoolisé il va sans dire? Un verre de limonade peut-être? demanda Sophie avec grâce.

— Avec plaisir. Merci.

Sir Phillip la regarda s'éloigner en direction de la maison, puis il prit place aux côtés d'Eloise.

— Je suis ravi de vous voir ce matin, chère Eloise.

— Moi de même, mon cher Phillip, murmura-t-elle en retour.

— Veuillez pardonner ma conduite d'hier soir.

— Oh, j'ai quatre frères. J'ai l'habitude, vous savez.

— Sans doute, mais je n'ai pas eu cette chance, et je vous assure que je n'ai pas pour coutume de boire plus que de raison.

Eloise scruta ses grands yeux noirs pendant un instant. Elle ne connaissait pas encore très bien cet homme, mais il semblait sincère. Elle n'allait tout de même pas se confondre en remerciements non plus et elle se contenta d'un signe de la tête pour lui indiquer qu'elle acceptait ses excuses.

— J'ai beaucoup réfléchi, Eloise.

— Moi aussi.

— Il faudra que nous nous mariions. Nous n'avons pas le choix.

Phillip ne lui apprenait rien qu'elle ne sache déjà, mais il y avait quelque chose d'atroce dans le ton de sa voix. Peut-être un certain détachement, comme s'il ne s'agissait là que d'un problème somme toute assez ordinaire. Quoi qu'il en soit, cette conversation ne mettait guère Eloise à son aise, d'autant plus qu'elle s'en voulait mortellement. Après tout, n'était-ce pas elle qui avait pris la fuite et déclenché cette cascade d'événements ? Quelle idiote !

— Je m'efforcerai de vous rendre heureuse... Et puis mes enfants ont besoin d'une mère.

Eloise esquissa à peine un sourire. Quelle perspective réjouissante ! Elle aurait voulu que son mariage ne se résume pas à l'éducation des enfants de Sir Phillip.

— Je suis sûr, Eloise, que vous m'apporterez un soutien inestimable.

— Un soutien inestimable ? reprit-elle, avec une pointe d'agacement.

— N'êtes-vous donc pas d'accord avec moi ?

— Certes...

— Fort bien. Dans ce cas, tout est réglé.

Tout est réglé. Quelle magnifique demande en mariage ! Pire encore, c'est à elle qu'en incombait la faute. Elle aurait pu lui laisser le temps de trouver une chaperonne au lieu d'arriver ainsi, sans prévenir, à Romney Hall. Elle ne pouvait s'en prendre qu'à elle-même pour avoir agi de façon aussi irréfléchie.

— Formidable, répondit-elle d'une voix étranglée.

Sir Phillip la regarda d'un air interloqué.

— N'êtes-vous donc pas heureuse, Eloise ?

— Si, si, bien sûr.

— Si j'en crois le ton de votre voix...

— Je suis ravie ! l'interrompit-elle sèchement.

Sir Phillip marmonna quelque chose entre ses dents, mais Eloise ne parvint pas à distinguer ses paroles.

— Que dites-vous ?

— Rien, je vous assure.

— Phillip, vous avez pourtant murmuré quelque chose.

— Si j'avais voulu vous en faire part, ma chère, je l'aurais prononcé à haute et intelligible voix.

— Eh bien, vous auriez mieux fait de vous taire dans ce cas.

— Eloise...

— M'avez-vous insultée à voix basse ?

— Vous voulez vraiment le savoir ?

— Puisqu'il semblerait que nous dussions nous marier, oui !

— Vous l'aurez donc voulu. Je déplorais le manque de bon sens avéré qui caractérise la gent féminine.

Phillip savait bien qu'il aurait dû tenir sa langue et ne céder en aucun cas à la requête d'Eloise. Mais pourquoi était-elle de si méchante humeur ? Après tout, il s'était contenté d'énoncer les faits. Elle aurait pu s'estimer heureuse qu'il veuille bien l'épouser pour sauver sa réputation d'une ruine certaine. Il n'attendait pourtant aucun témoignage de gratitude. Il était tout aussi coupable qu'elle dans cette affaire. Ne l'avait-il pas invitée à lui rendre visite après tout ? Cependant, rien ne justifiait une attitude aussi revêche et Eloise aurait pu se fendre d'un simple sourire pour égayer un peu l'atmosphère.

— Cette conversation était fort instructive. Je suis comblée.

— Je vous demande pardon ?

— En effet, ne vaut-il mieux pas comprendre l'homme que l'on s'apprête à épouser avant de convoler en justes noces ? Croyez bien que je suis enchantée de connaître la manière dont vous jugez les personnes de mon sexe.

— Il ne me semble pourtant pas vous avoir fait part de mon opinion sur ce sujet.

— Notre « manque de bon sens avéré » m'aura mise sur la voie...

— Ah vraiment ? Mais il se trouve que je viens de me raviser.

Les yeux d'Eloise s'étrécirent.

— Que voulez-vous dire ?

D'ordinaire, Sir Phillip évitait les conflits, or, cette fois-ci, les provocations d'Eloise dépassaient les bornes.

— Que vous vous trompez, ma chère. Je n'ai rien contre vos consœurs en vérité, car c'est vous, et vous seule, que je trouve imbuvable, voilà tout.

Eloise eut un mouvement de recul. Sir Phillip venait de la vexer mortellement, mais elle s'abstint de tout commentaire.

— On ne vous l'a donc jamais dit ?

— Personne en dehors de *mes proches*.

— Vous devez vivre en compagnie de gens fort policés. Ou bien peut-être êtes-vous parvenue à terroriser votre entourage à tel point que l'on vous passe tous vos caprices ?

Le visage d'Eloise prit soudain une couleur pivoine. Était-ce la colère ou l'embarras de se voir ainsi jugée ? Phillip n'aurait su le dire, mais toujours est-il qu'Eloise finit par s'excuser.

— Je suis navrée.

— Oh, merci, répondit-il avec une infinie maladresse, trop surpris pour trouver quelque formule adéquate.

— Je vous en prie.

— Puis-je connaître la raison de ces excuses ? demanda Phillip après un temps de réflexion.

— Cette question était-elle vraiment nécessaire ? Puisqu'il faut me dévoiler, sachez que je regrette amèrement l'humeur maussade dans laquelle ces derniers événements m'ont plongée.

— Si cela peut vous réconforter d'une quelconque manière, sachez toutefois que j'avais jeté mon dévolu sur vous bien avant que vos frères ne fassent irruption chez moi. J'avais l'intention de demander votre main comme il se doit. Je suis désolé que l'arrivée de vos frères ait précipité les choses, mais il se trouve que je suis ravi de vous épouser.

— Vraiment ?

— Je vous accorderai tout le temps qu'il vous faudra, dans les limites du raisonnable, évidemment. Mais je ne peux pas...

Phillip marqua une pause en apercevant Anthony et Colin qui se dirigeaient vers eux, avec à leur suite un valet de pied qui transportait un lourd plateau chargé de mets délicats.

— Je ne puis me prononcer pour vos frères, mais il est certain que si j'avais été à leur place, je vous aurais traînée jusqu'à l'autel et mariée sans attendre.

— Qu'est-ce qui a motivé votre choix ?

— Je vous demande pardon ?

Phillip cherchait avant tout à esquiver cette question trop directe à son goût. Eloise venait de le prendre au dépourvu, mais, après tout, voilà qui, de sa part, n'avait rien d'étonnant. Eloise n'était pas femme à éluder les problèmes ; elle préférait foncer droit devant et saisir le taureau par les cornes.

— Je... euh...

— Vous ne le savez donc pas ?

— Bien sûr que si, protesta-t-il.

— De toute évidence, si vous le saviez, vous ne resteriez pas bouche bée tel un poisson que l'on vient d'arracher à son bocal.

— Mon Dieu, femmes, n'avez-vous donc pas une once de charité ? Un homme a besoin d'un temps de réflexion avant de formuler quelque réponse raisonnable.

— Ah, voici nos deux perdreaux ! lança Colin qui venait de les rejoindre.

— Bonjour messieurs, salua Sir Phillip, ravi de cette intrusion, ô combien opportune.

— Vous laisserez-vous tenter par l'un de ces mets ? J'ai pris la liberté de demander à ce que l'on nous prépare un petit-déjeuner froid, lança Colin.

Phillip regarda le valet de pied : le pauvre homme semblait à deux doigts de s'effondrer sous le poids du plateau.

— Merci, c'est très aimable à vous, mais j'ai déjà déjeuné ce matin avant de quitter Romney Hall.

— Comment vas-tu ? demanda Anthony à sœur.

— Bien.

— Mais dis-moi, te voilà bien enjouée, Eloise.

— Rassure-toi, Anthony, si c'est le cas, tu n'y es pour rien.

— Tu as peut-être un peu faim ?

— Non.

Anthony se tourna vers Sir Phillip.

— Ne vous inquiétez pas, Phillip. D'ordinaire, Eloise se montre beaucoup plus loquace.

Ce dernier se demandait si Eloise allait gifler son frère, lorsque le valet de pied laissa soudain choir le plateau qui tomba sur la table avec fracas. Il fallait avouer qu'Hercule lui-même aurait eu du mal à transporter de quoi satisfaire l'appétit insatiable de Colin.

— Vous semblez fort bien assortis ce matin, poursuivit ensuite Anthony en s'adressant aux tourtereaux.

— Quelle perspicacité ! La nuit t'aurait-elle donc porté conseil ? rétorqua Eloise.

— Point du tout, mais sachez que votre querelle était digne des plus solides unions.

— Vous m'en voyez ravi, répondit Phillip avec une pointe d'ironie.

— Ma femme et moi nous disputons souvent de la sorte jusqu'à ce qu'elle se rende à l'évidence et adopte enfin mon point de vue. Évidemment, elle ne perçoit pas les choses de la même façon, car, pour tout dire, je la *laisse s'imaginer* qu'elle m'a convaincu. C'est bien plus simple ainsi.

Eloise fusilla Anthony du regard. Elle faisait des efforts surhumains pour ne pas interrompre ces propos intolérables.

— Quand êtes-vous arrivé, Sir Phillip ? demanda Anthony.

— Il y a quelques instants à peine.

— Je le confirme, et tu seras sans doute enchanté d'apprendre, très cher frère, qu'il vient de me demander ma main.

— Pardon ? s'étrangla Phillip.

— Oui, Anthony, voici ce qu'il m'a dit : « il faudra que nous nous mariions ».

— Sir Phillip a raison. Vous devez vous marier, et je ne puis que le féliciter de te l'avoir signifié sans détour. J'aurais pourtant cru que tu apprécierais sa franchise, Eloise.

— Quelqu'un prendra-t-il un *scone* ? Non, personne ? s'enquit Colin, plus préoccupé par son estomac que par les épousailles de sa sœur. Tant mieux, car j'ai une faim de loup.

— Sir Phillip, ma sœur est en colère car elle déteste recevoir des ordres. Tout ira mieux d'ici quelques jours, commenta Anthony sans prêter attention à Colin.

— Anthony, sache que je vais très bien.

— Oui, c'est certain.

— N'as-tu pas quelque affaire urgente en souffrance ?

— Bonne question, rétorqua Anthony. En effet, ma femme et mes enfants m'attendent à Londres, mais, par le plus grand des hasards, je me retrouve tout à coup dans le Wiltshire alors qu'il y a trois jours à peine, cette idée ne m'avait pas même effleuré l'esprit. D'autres remarques ?

Voilà qui mit fin à cette conversation. Anthony tendit alors une enveloppe à Eloise qui reconnut sur le champ l'écriture de leur mère.

— Souhaitez-vous la lire maintenant ? demanda Phillip.

— Non, merci. Cela peut attendre.

Phillip comprit qu'elle ne souhaitait pas la décacheter en présence ses frères et décida d'agir en conséquence.

— Lord Bridgerton, puis-je m'entretenir un instant seul à seul avec votre sœur ?

— Bien entendu, répondit Anthony, si toutefois Eloise est d'accord.

— Cela ne fait aucun doute, répondit Sir Phillip en la prenant par la main avant même qu'elle n'ait eu le temps d'ouvrir la bouche.

— Phillip, où allons-nous ?

— Je ne sais pas, Eloise.

— Comment ça ?

— Je ne suis jamais venu ici auparavant. Me croyez-vous donc extralucide ?

— Oh... Fort bien. Je vous suis et nous verrons bien...

Phillip s'arrêta devant une porte.

— Où cela mène-t-il ? demanda-t-il à Eloise.

— À l'intérieur de la maison.

— Eloise, un peu de sérieux, je vous prie.

— Au bureau de Sophie, qui communique aussi avec le hall principal.

— Savez-vous si Sophie se trouve actuellement dans cette pièce ?

— J'en doute. N'est-elle pas partie chercher de la limonade ?

— Parfait.

Phillip ouvrit la porte : la pièce était vide.

— Fermez la porte, voulez-vous ?

— Je vous demande pardon ?

— Refermez cette porte, vous dis-je, Eloise.

— Phillip... Je ne crois pas que...

— Ne vous faites pas prier. Contentez-vous d'obéir.

Eloise resta pétrifiée sur le seuil, les yeux écarquillés comme si elle venait de voir le diable en personne. Phillip finit par prendre les choses en main et verrouilla la porte d'un tour de clé.

— Que faites-vous ?

— Vous sembliez inquiète car vous pensiez que nous n'étions peut-être pas faits l'un pour l'autre...

Eloise resta bouche bée.

Phillip se rapprocha d'elle avant de conclure :

— Il est grand temps que je vous prouve le contraire.

... et comment as-tu su que Simon et toi vous étiez faits l'un pour l'autre? Je dois avouer ne jamais avoir rencontré un homme qui me semble acceptable, même après trois années passées à fréquenter les bals mondains.

(Billet d'Eloise Bridgerton à sa sœur, la duchesse de Hastings, après avoir refusé une troisième demande en mariage.)

Eloise eut à peine le temps de respirer que Phillip pressait déjà ses lèvres sur les siennes avec passion. Puis, il se détacha d'elle, lui prit la tête entre les mains et la regarda longuement sans rien dire.

— Qu'y a-t-il?

Eloise se savait séduisante, mais elle n'était pas non plus d'une beauté légendaire.

— Je voulais juste admirer votre visage, murmura Phillip en lui caressant la joue. Vous ne tenez pas en place et je n'ai jamais le loisir de vous contempler comme il se doit.

Eloise avait les jambes chancelantes et les yeux rivés à ceux de Phillip. Elle semblait incapable de dire un mot.

— Vous êtes si belle. Savez-vous ce que j'ai pensé la première fois que je vous ai vue?

Eloise agita la tête.

— J'ai bien cru que j'allais me noyer dans l'azur de votre regard et m'abandonner tout à vous.

Eloise se serra contre lui.

Phillip lui effleura la lèvre du bout de l'index, et c'est alors qu'un long frisson de plaisir parcourut l'échine de la jeune fille avant de se réverbérer jusqu'aux replis les plus secrets de son être : Eloise comprenait enfin toute la puissance du désir.

— Embrassez-moi, murmura-t-elle.

— Vous ne cessez donc jamais de donner des ordres ? demanda-t-il en plaisantant.

— Embrassez-moi, vous dis-je.

— Êtes-vous certaine de ce que...

Eloise ne lui laissa pas le temps d'achever sa phrase. Elle le saisit par la nuque et l'attira brusquement à elle, puis, sans qu'elle lui opposât la moindre résistance, Phillip insinua sa langue entre ses lèvres, tel un serpent de feu dont la danse infernale lui arrachait des gémissements de plaisir. Il la mordillait et l'embrassait tour à tour en la pressant toujours plus fort contre son torse, lorsque, tout à coup, il lui empoigna les fesses et fit basculer son bassin contre son... Mon Dieu ! Même si elle était encore pure, Eloise était loin d'être une oie blanche. Elle avait vingt-huit ans et elle avait déjà surpris plus d'une conversation intime. Elle savait donc de quoi il retournait, mais jamais elle n'aurait imaginé qu'un homme puisse manifester une telle ardeur.

— Je veux me fondre en vous, lui susurra-t-il à l'oreille.

— Oh, Phillip, gémit-elle.

— Oui, oui, répondit-il d'une voix rauque.

Le sol se déroba soudain sous ses pieds, mais il la serra encore plus fort dans ses bras. Il la souleva de terre, la coucha sur le sofa couleur crème, puis glissa enfin ses cuisses musculeuses entre les siennes. Elle sentait son corps se presser contre le sien et lui offrait sa gorge qu'il couvrait de baisers brûlants. Le sens de ses paroles n'avait plus d'importance. Elle voulait satisfaire son désir, connaître l'impossible et plus encore. Eloise se livrait tout entière à ce tourbillon de sensations nouvelles qui l'emportait déjà au loin.

Phillip s'immisça sous sa robe et fit courir ses doigts sur la courbe de sa cuisse. Il s'attarda un instant à la lisière de son bas, avant de poursuivre son exploration plus avant. La chair d'Eloise était déjà en proie à mille et un tourments délicieux : d'un instant à l'autre, elle basculerait dans un néant de velours et connaîtrait enfin l'extase...

Soudain, alors même qu'elle croyait avoir atteint le paroxysme de la jouissance, Eloise sentit la main de Phillip se poser sur le seuil du temple de Vénus. Et dire que jamais elle-même n'aurait osé ne serait-ce qu'en gravir les premières marches.

Phillip la caressa avec tant de douceur qu'elle dut se mordre la lèvre inférieure pour ne pas hurler. Puis, il entrouvrit lentement la première porte du sanctuaire, et l'univers tout entier vacilla : suspendue entre ciel et terre, elle lui appartenait corps et âme, et ne vivait désormais plus que pour lui.

— Oh, Phillip, supplia-t-elle.

Phillip venait d'entraîner Eloise sur des territoires inconnus. Elle savait que cette aventure changerait à jamais le cours de son existence, mais elle ne pouvait attendre un instant de plus. Il lui semblait que toutes les fibres de son corps vibraient à l'unisson et menaçaient de se rompre à tout moment. Seul Phillip pourrait apaiser l'exquise souffrance qui lui vrillait les entrailles.

Mue par un désir d'une violence inouïe, Eloise se cambra soudain, plongea ses ongles dans la chair de ses larges épaules et s'agrippa à lui de toutes ses forces pour mieux presser son corps avide contre le sien.

— Eloise... Avez-vous la moindre idée de ce que...

— Oh, mon Dieu, mon Dieu, Phillip!

C'est alors que tout son corps se tendit telle la corde d'un arc prêt à décocher ses traits. Eloise n'aurait su dire à quel sortilège Phillip avait eu recours pour l'envoûter ainsi, mais elle se sentit submergée par une onde de plaisir qu'aucun mot n'aurait su décrire.

Eloise resta paralysée, incapable d'exécuter le moindre geste. Phillip la dévora du regard et lui caressa les cheveux avec une infinie tendresse, puis il se détacha d'elle en lui murmurant à l'oreille qu'il était bien trop lourd pour elle. L'instant d'après, il était à genoux au pied du sofa et l'aidait à défroisser sa jupe.

— Oh, Phillip, soupira-t-elle, émue par tant d'attention.

— Y a-t-il un cabinet de toilette ici? s'enquit-il d'une voix enrouée.

— Un cabinet de toilette?

Phillip acquiesça.

— Prenez cette porte et tournez à droite au fond du couloir.

Eloise trouvait assez singulier qu'il ait besoin de se soulager après une rencontre aussi passionnée, mais elle ne prétendait pas connaître tous les mystères de l'anatomie masculine, loin de là.

— Me croyez-vous à présent?

— Phillip, mais de quoi parlez-vous?

— Nous nous entendrons à merveille, répondit-il avec un sourire, avant de s'éclipser en prenant soin de refermer la porte derrière lui.

Combien de temps faudrait-il à Eloise pour retrouver une apparence convenable? Phillip n'en avait pas la moindre idée. Elle avait l'air délicieusement échevelée lorsqu'il l'avait laissée sur le sofa du bureau de Sophie Bridgerton. S'il n'avait jamais compris la complexité de la toilette féminine, il lui semblait néanmoins nécessaire qu'elle arrange quelque peu son chignon.

Quant à lui, une minute lui suffirait pour apaiser son désir; il n'y tenait plus.

Mon Dieu, comme elle était belle!

Cela faisait si longtemps qu'il n'avait pas tenu une femme entre ses bras. Eloise l'avait rendu fou. Il voulait sentir son corps, son parfum, dévorer sa gorge et s'immiscer entre ses cuisses. Il en voulait plus, bien plus encore. Seul le corps d'Eloise saurait étancher sa soif et apaiser sa faim.

Il voulait s'abîmer en elle et s'y perdre à jamais.

Il voulait la posséder et devenir son esclave.

Eloise venait d'éveiller en lui une flamme incandescente, mais elle ne se doutait de rien. Elle l'avait regardé avec un sourire extatique sans comprendre qu'il était sur le point d'exploser. Son heure viendrait et ils auraient alors la vie tout entière pour goûter aux délices de leur passion réciproque.

— Ah, le voici, dit Benedict Bridgerton en apercevant Phillip qui traversait la pelouse.

Phillip s'arrêta net. Benedict tenait un pistolet à la main. Fallait-il qu'il s'inquiète? Comment aurait-il pu savoir ce qui venait de se passer dans le bureau de sa femme? Benedict n'aurait pas hésité une seule seconde à l'abattre s'il apprenait qu'il venait de voler une partie de son innocence à sa sœur! Son sourire le rassura.

— Bonjour messieurs.

— Pratiquez-vous le tir, Sir Phillip?

— Bien entendu.

— Bien. Pourquoi ne vous joindriez-vous pas à nous?

— Je n'ai pas apporté de pistolet.

— Pourquoi l'auriez-vous fait? Ne sommes-nous pas entre amis?

— C'est à espérer.

— Ne vous tracassez pas. Nous vous en donnerons un.

Phillip acquiesça. S'il devait prouver sa virilité aux frères d'Eloise, il relèverait le défi. Son père avait insisté pour qu'il s'entraîne au tir. Il avait passé de longues heures le bras tendu à en contracter des crampes, retenant son souffle alors qu'il visait la cible désignée par son père. Il priait pour faire mouche du premier coup, car Thomas Crane ne manquait pas de lui infliger une sévère correction à chaque tir manqué.

— N'attendons point le retour d'Eloise pour commencer, si vous le voulez bien. Mais où est-elle passée d'ailleurs? s'enquit Anthony.

— Votre sœur lit la missive de votre mère, répondit Phillip.

— Je vois. Cela ne prendra pas longtemps. Nous ferions mieux de nous dépêcher.

— Peut-être rédigera-t-elle une réponse, intervint Colin. Ce qui nous accordera encore quelques instants de répit. Tu connais Eloise, toujours à son bureau.

— Je ne te le fais pas dire, Colin, répondit Anthony.

— Quand bien même, hâtons-nous d'entamer cette partie. Eloise est d'une rapidité diabolique, ajouta Grégory.

— Messieurs, permettez-moi de vous demander ce qui nous vaut un tel empressement... Craignez-vous donc le retour d'Eloise?

— Euh, mais quelle drôle d'idée, Sir Phillip, répondit Anthony avec une mauvaise foi manifeste.

— Les ancêtres d'abord, lança Colin à son frère Anthony.

— Trop aimable à toi.

Anthony leva le bras, ajusta sa visée et tira.

— Bien joué, complimenta Phillip. Anthony avait presque touché le cœur de la cible.

— Merci. Quel âge avez-vous, Phillip?

— J'ai trente ans.

— Colin sera donc le suivant, conclut Anthony.

— Je vous en prie, messieurs, faites donc.

Quand vint enfin son tour, Phillip choisit un pistolet après l'avoir soupesé, puis se mit en position. Il avait compris depuis peu qu'il appréciait ce sport malgré les mauvais traitements que lui avait infligés son père. Il leva le bras, s'immobilisa et appuya sur la gâchette.

À un centimètre près, il aurait tiré dans le mille. Cette prouesse dépassait de loin les tentatives de Colin et Anthony.

Ce fut alors au tour de Grégory.

— Nous tirons cinq fois chacun et si jamais il y a égalité entre deux tireurs, ils s'affrontent une dernière fois pour se départager.

— Je vois. Y a-t-il une raison particulière à cela?

— Non, nous avons toujours procédé ainsi.

— Nous prenons nos jeux très au sérieux, dit Colin avec un air sévère.

— C'est ce que je constate.

— Vous pratiquez l'escrime?

— Assez peu, répondit Phillip.

Colin esquissa un sourire inquiétant avant d'ajouter:

— Excellent.

— Silence, voulez-vous ? aboya Anthony. J'essaie de me concentrer.

— Un tel goût pour le silence ne te servira point en temps de guerre, lança Colin.

— Colin ! Je vais le massacrer ! Quelqu'un voit-il un inconvénient à ce que je l'assassine ? lança Anthony.

— Vous n'y pensez pas, mon cher, intervint Sophie qui était revenue entre-temps avec la limonade. Imaginez un peu le désordre, et puis tout ce sang…

— C'est pourtant un excellent engrais, commenta Phillip.

— Ah, dans ce cas… Faites donc, mon ami.

— Allez-vous vous taire à la fin ? Euh… Pardon, je ne m'adressez pas à vous, chère Sophie, s'excusa Anthony.

— Vous m'en voyez fort aise.

— Ne t'avise pas de menacer mon épouse, gronda alors Benedict.

Anthony se tourna vers son frère et le foudroya du regard.

— Vous mériteriez tous autant que vous êtes le supplice de la roue !

— À l'exception de Sophie bien entendu, commenta Colin.

— Sais-tu que ce pistolet est chargé, mon cher frère ? répondit Anthony.

— Ah, Anthony, je m'estime heureux que le fratricide soit tenu pour un acte des plus vulgaires…

L'aîné réussit malgré tout à tirer.

— Deuxième manche, hurla-t-il.

— *Attendez !*

À voir l'expression des quatre frères Bridgerton, l'arrivée d'Eloise ne les enchantait guère.

— Vous tirez ? Sans moi ?

— Point du tout, Eloise, nous admirons juste ces armes.

— Anthony, me prendrais-tu pour une idiote ?

— Bien sûr que nous tirons. Sophie s'ennuie toute seule. Tu devrais aller lui tenir compagnie.

— Sophie est en train de lire !

— Un roman captivant, commenta Sophie au passage.

— Pourquoi ne ferais-tu pas de même, Eloise ? C'est excellent pour l'esprit, conseilla Benedict.

— Assez ! Donnez-moi un pistolet.

— Nous n'en avons pas assez pour tout le monde, répondit Anthony.

— Dans ce cas, il suffira de partager.

— Tenez, dit alors Phillip en tendant le sien à Eloise. Prenez le mien.

— Merci, cher ami. Il me semble avoir entendu Anthony qui hurlait « Deuxième manche ». J'en déduis que vous avez tous tiré une fois chacun, n'est-ce pas ?

Silence général.

— Quelque chose ne va pas ? demanda Phillip en s'adressant aux quatre frères.

— C'est un monstre, marmonna Benedict.

— J'abandonne, déclara Grégory. D'ailleurs, je ne tire jamais le ventre vide.

— J'ai bien peur qu'il ne reste plus rien à manger. J'ai tout englouti, précisa Colin sans vergogne.

— Avec un frère aîné comme Colin, seul un miracle a pu me sauver de la famine lorsque j'étais encore enfant.

— Qui veut apprécier son repas doit savoir presser le pas, mon cher Grégory.

— Colin ! Grégory ! À vous entendre, on croirait que vous avez grandi à l'orphelinat ! gronda Anthony d'un ton réprobateur.

— Eh bien, mes frères, allons-nous tirer à la fin ?

Eloise leva le bras et, sans même paraître ajuster son tir, elle fit mouche du premier coup.

— Où avez-vous appris à viser comme cela ? demanda Phillip, ébahi.

— Je ne saurais vous le dire. J'ai toujours su tirer ainsi.

— C'est une abomination, je vous le dis, commenta Colin.

— Mais je trouve que c'est extraordinaire, Monsieur.

— Vraiment, Phillip ?

— Bien sûr, Eloise. Si jamais on attaquait mon domaine, je saurais qui envoyer au front.

— Où se trouve la cible suivante ? demanda la jeune femme, ravie du compliment. Anthony ? C'est ton tour, il me semble.

— Cela n'en vaut plus la peine, répondit-il avant de manquer le centre de la cible d'au moins dix centimètres.

Benedict et Colin faillirent de même l'un après l'autre. Vint le tour de Phillip.

— Ne préférez-vous pas renoncer tout de suite ? s'enquit Eloise, triomphante.

— N'y comptez pas, ma chère.

— Parfait. Je déteste pratiquer le tir avec d'aussi mauvais joueurs. C'est toujours la même histoire. Ils ratent sans arrêt la cible jusqu'à ce que je déclare forfait, et reprennent ensuite la partie sans moi.

— Silence. Je me concentre, ordonna Phillip avant de faire mouche lui aussi

— Formidable ! s'enthousiasma Eloise en applaudissant des deux mains.

Anthony marmonna quelques grossièretés d'autant plus inappropriées qu'il était en présence de deux jeunes femmes, puis il ajouta à l'adresse de Sir Phillip :

— Vous comptez bien épouser Eloise, n'est-ce pas ?
Sachez que si vous acceptez de nous en débarrasser, c'est
avec grand plaisir que je doublerai sa dot, car nous
pourrons enfin nous amuser en paix.

Phillip aurait épousé Eloise avec ou sans dot. L'argent
lui importait peu, mais il ne put s'empêcher de répondre
d'un ton badin :

— Marché conclu !

... imaginez un peu! Ils avaient tous le pire tempérament qui soit. Est-ce ma faute si ma supériorité demeure sans conteste? Je ne le crois pas. Pas plus qu'ils ne sont responsables de leur appartenance à la gent masculine, ni par conséquent de leur manque de bon sens et de savoir-vivre.

(Missive d'Eloise Bridgerton à Pénélope Featherington après avoir battu six hommes à plates coutures à l'occasion d'un tournoi de tir.)

Le jour suivant, Eloise se rendit à Romney Hall pour y déjeuner en compagnie d'Anthony, de Benedict et de Sophie. Puisque le reste de la famille avait pris les choses en main, Colin et Grégory avaient décidé de rentrer à Londres. L'un, parce qu'il se languissait de sa jeune épouse; l'autre, de sa vie de jeune célibataire de la bonne société londonienne. Eloise était ravie de les voir s'éclipser enfin. Elle aimait profondément ses frères, mais les avoir ainsi tous les quatre sur le dos, c'était plus qu'elle ne pouvait endurer.

Eloise se sentait pleine d'optimisme alors qu'elle descendait de voiture. Le jour précédent s'était déroulé bien mieux qu'elle ne l'eut cru. Quand bien même Phillip ne l'aurait pas entraînée dans le bureau de Sophie pour lui prouver qu'ils « étaient bien faits l'un pour l'autre », elle aurait goûté avec délice cette première journée passée dans la résidence de Benedict. À sa plus grande satisfaction, Phillip avait su tenir tête à ses frères, et il va sans dire qu'Eloise n'en attendait pas moins de l'homme qui s'apprêtait à devenir son mari.

Souhaitait-elle vraiment épouser Phillip cependant? Cette question continuait à tarauder Eloise. Elle éprouvait du respect pour cet homme, voire une certaine affection, mais de là à évoquer l'amour! Comment prévoir l'évolution de ses sentiments à son égard? Tomberait-elle jamais amoureuse de lui? Le mystère restait entier.

Eloise était toutefois convaincue qu'elle agissait pour le mieux en acceptant cette union. De toute façon, elle n'avait guère le choix, à moins de vouloir courir à sa propre ruine et de se voir condamnée au célibat. Quoi qu'il en soit, Phillip ferait un bon mari : c'était un homme honorable et honnête, et même s'il semblait parfois fort peu disert, il possédait néanmoins un certain sens de l'humour.

Et puis lorsqu'il l'avait embrassée...

De toute évidence, Phillip savait comment lui faire perdre la tête. Mais Eloise avait toujours eu l'esprit pragmatique et restait persuadée que, même si la passion ne pouvait nuire à un mariage, elle ne saurait garantir la pérennité d'une union.

Phillip consulta la pendule posée sur le manteau de la cheminée pour la quinzième fois au moins. Les Bridgerton devaient arriver à midi et demie et ils avaient déjà cinq bonnes minutes de retard. Non que cela soit quelque chose d'extraordinaire compte tenu de l'état des routes de la campagne environnante, mais Phillip se demandait combien de temps encore il parviendrait à juguler la fougue de ses deux enfants.

— Je déteste cette veste, dit Oliver en tirant sur ses vêtements.

— Elle est bien trop serrée, commenta Amanda.

— Je sais ! Pourquoi crois-tu que je me plaigne ? Et puis, regarde un peu ta robe ! Elle est trop courte, et, d'ailleurs, on voit tes chevilles.

— C'est ainsi qu'elle se porte, Oliver.

— Ne trouve pas que l'on voit un peu trop tes mollets ?

Amanda examina sa tenue d'un air alarmé.

— Vous avez à peine huit ans, ma fille, et cette robe est tout à fait convenable.

Tout au moins Sir Phillip l'espérait-il, lui qui ne connaissait pas grand-chose aux usages du monde. Eloise, elle, aurait su tout cela.

— Je crois bien qu'ils sont en retard...

— C'est faux, Oliver.

— Père, je sais lire l'heure à présent, vous savez.

Phillip fut mortifié par cette répartie car, une fois encore, il tombait des nues.

Eloise...

Quels que soient ses défauts en tant que père, il se rattraperait au moins en épousant cette jeune femme, parfaite pour ses enfants. Pour la première fois depuis leur naissance, il allait accomplir son devoir et assurer leur bonheur.

Eloise...

Phillip mourait d'impatience de conclure cette union. Mais comment s'y prenait-on pour épouser quelqu'un sans attendre que n'aient été publiés les bans ? Ne se mariait-on pas d'ordinaire le samedi matin ? Ne pourraient-ils pas hâter un peu les choses et célébrer leur hymen dans deux jours seulement ?

Phillip rattrapa Oliver par le col alors que le garnement tentait de s'enfuir par la porte.

— Non. Vous attendrez ici jusqu'à l'arrivée de Mademoiselle Bridgerton, sans caprice ni récrimination. Ce qui ne vous dispense nullement de sourire.

Oliver s'efforça tant bien que mal de rester tranquille lorsqu'il entendit le nom d'Eloise, mais, au grand dam de son père, son sourire ressemblait bien plus à la grimace d'une gorgone anémique qu'à celui d'un petit garçon de bonne famille. Que de tracas !

— Tu appelles ça un sourire ? se moqua Amanda.

— Évidemment.

— Sornettes !

Phillip poussa un profond soupir en essayant d'ignorer la dispute. Il parlerait de ses projets matrimoniaux à Anthony Bridgerton cet après-midi même. Le vicomte saurait sans doute régler ce genre d'affaires.

La semaine passerait si vite. Il pourrait alors confier les jumeaux à Eloise pendant la journée tandis qu'elle serait toute à lui, et *à lui seul*, une fois la nuit tombée.

— Pourquoi souriez-vous, Père ?

— Je ne souris pas, Amanda, répondit Phillip qui, Dieu du ciel, sentait s'empourprer son visage.

— Pourquoi vos joues ont-elles viré au rouge dans ce cas ?

— Voyons, Amanda, ne soyez pas sotte.

— Mais si, Père, vous rougissez. Oliver, regarde un peu. Ne trouves-tu pas que Père a les joues bien colorées ?

— Un mot de plus sur ce sujet et je vais vous...

Phillip se reprit *in extremis*. Il avait bien failli les menacer d'un coup de cravache.

— ... euh... faire quelque chose, conclut-il avec la plus grande maladresse.

Les deux enfants se calmèrent néanmoins un instant. Cependant, alors qu'elle était perchée sur le sofa, Amanda parvint à renverser un tabouret à force de balancer ses jambes dans le vide.

— Oliver! hurla-t-elle tout à coup.

— Amanda! Oliver! Que se passe-t-il encore?

— Il m'a poussée.

— Menteuse.

— Menteur toi-même.

— Oliver! *Quelqu'un* a bien dû la pousser et je suis à peu près certain que ce n'était pas moi.

— Peut-être est-elle tombée toute seule? suggéra Oliver.

Phillip lui lança un regard furibond.

— Très bien, j'avoue. Je l'ai poussée. Je suis désolé, Père. Amanda, tu me peux me pousser aussi si tu veux.

— D'accord.

— Non, Amanda! cria Phillip en bondissant de son siège.

Peine perdue. Amanda avait déjà fait basculer son frère.

— Maintenant, c'est à mon tour de te pousser, Amanda.

— Hors de question! Oliver, vous m'entendez? rugit Phillip.

— Mais, Père, elle m'a poussé.

— Certes, mais uniquement parce que vous le lui aviez demandé, misérable petit polisson!

— Pousse-moi! Pousse-moi donc, Oliver! fredonnait Amanda, plus déchaînée que jamais.

Phillip parvint à rattraper Oliver au moment même où le garnement se jetait sur sa sœur qui, ô malheur, les entraîna tous deux dans sa chute au beau milieu des coussins qui gisaient déjà sur le sol.

BADABOUM!

La pendule venait de s'écraser sur le parquet. Comment diable avaient-ils réussi leur compte cette fois-ci?

— Vous êtes consignés dans vos chambres jusqu'à nouvel ordre. Hors de ma vue! gronda Phillip.

— C'est la faute d'Oliver...

— Peu m'importe! Mademoiselle Bridgerton devrait arriver d'une minute à l'autre et vous...

— Hum, hum...

— Mon Dieu! s'exclama Phillip, horrifié d'apercevoir ses invités sur le seuil: Anthony, Benedict, Sophie Bridgerton et, bien entendu, Eloise.

— Peut-être sommes-nous quelque peu en avance? s'enquit Anthony.

— Point du tout. Comme vous pouvez le constater, nous mettions un peu d'ordre dans la pièce...

— Quelle efficacité! commenta Sophie pleine d'admiration.

L'épouse de Benedict s'efforçait toujours de mettre les autres à l'aise, et Phillip lui adressa un sourire plein de gratitude alors même qu'il gisait encore à terre avec ses deux galopins. Oliver avait perdu sa cravate et Amanda avait les cheveux en bataille. Quel joli tableau de famille!

— Permettez-moi de vous présenter mes enfants, dit-il en rassemblant le peu de dignité qui lui restait dans une pareille posture. Oliver et Amanda Crane.

Les jumeaux saluèrent les invités avec timidité, un rien embarrassés eux aussi par la situation.

— Très bien, mes chers petits. Vous pouvez aller jouer maintenant.

Oliver et Amanda levèrent vers leur père des yeux plein de tristesse.

— Que se passe-t-il encore?

— Ne pourrions-nous rester ? implora Amanda d'une toute petite voix.

— Non ! Nurse Edwards vous attend dans le hall.

Phillip avait convié les Bridgerton à déjeuner et comptait bien leur faire visiter sa serre. S'il voulait que tout se déroule pour le mieux, il était impératif que les enfants n'interfèrent pas dans ses projets.

— Mais Père, nous n'aimons pas Nurse Edwards. N'est-ce pas, Amanda ?

Amanda acquiesça.

— Allons, allons, Oliver. Elle s'occupe de vous depuis des mois.

— Mais nous la détestons, répliqua Amanda.

— Veuillez nous excuser un instant, dit alors Phillip à ses invités.

— Ne vous inquiétez pas. Prenez tout votre temps, répondit Sophie, toujours aussi charmante.

Phillip entraîna les jumeaux à l'autre bout de la pièce et leur dit en chuchotant :

— Sachez que j'ai demandé la main de Mademoiselle Bridgerton.

Leurs yeux s'illuminèrent soudain.

— Parfait. Je vois que vous n'avez pas d'objection à cette union. Alors, écoutez-moi bien. J'ai besoin de l'approbation de sa famille. C'est pourquoi je les ai invités à déjeuner aujourd'hui. Il faut donc que vous nous laissiez converser entre adultes.

— Avez-vous honte de nous ? demanda Amanda.

— Pas du tout, mais…

— Puis-je vous être utile ?

Phillip regarda Eloise comme s'il venait de voir le Messie en personne. Elle s'agenouilla à côté des enfants et se mit à leur susurrer quelque chose à l'oreille. Après quelques gestes de protestation vite dissipés, Oliver et Amanda saluèrent l'assemblée et sortirent de la pièce sans protester.

— Que Dieu soit loué ! Vous ferez une parfaite épouse.

— Je n'en doute pas, mon cher Phillip.

Phillip et Eloise rejoignirent Anthony, Benedict et Sophie.

— Permettez-moi de vous présenter à nouveau mes excuses. Mes enfants sont impossibles depuis le décès de leur mère.

— Il n'y a rien de plus douloureux que la mort d'un proche. Inutile de vous excuser, le rassura Anthony.

Phillip hocha la tête en signe de remerciement, puis invita ses hôtes à passer à table.

— Si vous voulez bien me suivre jusqu'à la salle à manger.

Malgré tout, Phillip ne parvenait pas à oublier l'expression de ses enfants. Jamais il n'avait lu un tel désarroi sur leur visage depuis le décès de Marina.

Après un déjeuner fastueux, suivi par une promenade dans la serre de Sir Phillip, notre quintet se scinda en deux groupes. Benedict et sa femme avaient apporté leurs carnets respectifs et ils décidèrent de croquer le manoir et ses environs. Anthony, Eloise et Phillip optèrent pour une excursion digestive dans les jardins de la propriété. Anthony eut la délicatesse de prendre un peu d'avance pour laisser aux futurs époux le loisir de converser en toute intimité.

— Qu'avez-vous dit aux enfants, Eloise ?

— Je ne sais pas. J'ai juste tenté d'imiter ma mère. Il semblerait que cela ait plutôt bien marché.

— Il doit être fort plaisant de pouvoir prendre ses

parents pour modèle.

— Ce n'était pas votre cas ?

— Non.

— Votre mère n'était-elle pas aimante ?

— Elle est morte en couches à ma naissance.

— Je vois.

— J'en doute... Mais sachez que j'apprécie votre sollicitude, ma chère Eloise.

Ils restèrent silencieux pendant quelques instants, sans pour autant presser le pas pour rattraper Anthony qui marchait à quelques mètres devant eux. Enfin, Eloise se risqua à lui poser la question qui lui brûlait la langue depuis la veille.

— Pourquoi m'avez-vous entraînée dans le bureau de Sophie hier ?

— Quelle question ! N'était-ce pas évident ? répondit-il en rosissant.

— Certes, mais vous ne projetiez tout de même pas de me faire connaître *cela*.

— Un homme ne peut-il nourrir quelque espoir ?

— Vous ne pensez pas ce que vous dites !

— Bien sûr que si. Mais, il se trouve que je n'avais pas envisagé de m'aventurer si loin. Sachez toutefois que je ne regrette rien de ce qui s'est passé hier.

— Vous ne m'avez toujours pas répondu.

— Vraiment ?

— Allons, ne vous faites pas prier, Phillip.

— Puisqu'il faut tout avouer, oui, j'avais bien l'intention de vous embrasser. Vous n'aviez cessé de jacasser toute la journée durant et j'ai pensé qu'il fallait vous montrer que nous étions bien faits l'un pour l'autre.

— Mais la passion ne saurait suffire.

— C'est tout au moins un bon début. Pourrions-nous

converser d'autre chose, Eloise ?

— Non. Je voulais dire que...

— Vous êtes incorrigible, grogna-t-il.

— C'est là tout mon charme.

— Eloise. Cessons ces enfantillages. Nous vivrons heureux ensemble. Que puis-je vous dire de plus pour vous en convaincre ?

— Phillip, vous ne m'aimez pas !

— Comment osez-vous affirmer une chose pareille ?

— C'est fondamental.

— Ne vous a-t-il jamais traversé l'esprit qu'il n'était pas forcément nécessaire d'exprimer tous vos sentiments ?

— *Évidemment*. Mais je crains de ne pouvoir tenir ma langue.

Pourquoi l'avait-elle poussé dans ses derniers retranchements ? Était-elle donc incapable de toute subtilité ? Un brin de réserve aurait été fort bienvenu, et sa mère ne lui avait-elle pas dit un jour qu'elle ne pouvait escompter attraper les mouches avec du vinaigre ? Mais pourquoi fallait-il toujours qu'elle ouvre la bouche sans réfléchir ?

Quelle déception cependant ! Elle avait presque forcé ce pauvre Phillip à lui déclarer sa flamme, et son mutisme ne la réjouissait guère. Elle s'attendait sans doute à ce qu'il se jette à ses pieds et lui avoue qu'il ne pouvait vivre sans elle.

— Aimiez-vous Marina ?

Eloise savait pourtant que cette question était d'une indiscrétion sans nom mais, une fois encore, elle n'avait pu s'empêcher de la poser. Elle avait outrepassé les limites de la bienséance, et le long silence qui suivit contribua à accroître son embarras.

— Non, finit par lui révéler Phillip.

Eloise laissa échapper un profond soupir. Elle ne tirait aucune satisfaction particulière de cette réponse, tout au moins le croyait-elle, mais il fallait à tout prix qu'elle sache ce qu'il en était.

— Pourquoi l'avoir épousée dans ce cas ?

— Je ne sais. Cela me semblait raisonnable à l'époque.

— Nourrissiez-vous une quelconque passion à son égard ?

— Non. En revanche, Eloise, laissez-moi vous poser une question à mon tour.

— Comme il vous plaira, murmura Eloise quelque peu surprise.

— Pourquoi avez-vous quitté Londres en toute hâte ?

— Pour vous rendre visite, quoi d'autre ?

— Balivernes !

Eloise resta interloquée. Non, elle n'avait pas rêvé, elle avait bien perçu une pointe de dédain dans sa voix.

— Cela explique votre venue, mais non les raisons de votre *départ*.

Phillip avait raison ; il venait de mettre le doigt sur un point sensible. Son invitation n'avait fourni qu'un prétexte à son escapade, sans quoi elle n'aurait pu s'enfuir sans se poser un certain nombre de questions auxquelles elle n'avait nulle envie de répondre alors.

— Aviez-vous un amant ?

— Non ! cria-t-elle, alertant par la même occasion son frère Anthony prêt à revenir sur ses pas. Ce n'est qu'une abeille, Anthony. Ne t'inquiète pas, elle est partie maintenant. Tout va bien.

Eloise se tourna ensuite vers Phillip.

— Quelle sotte je fais ! Anthony a une peur panique des abeilles. Il eut été plus avisé de lui dire qu'il s'agissait d'une souris.

Phillip regarda Eloise d'un œil perplexe. Il était en effet difficile d'imaginer qu'un homme comme son frère puisse avoir peur d'une simple abeille. Puis il repartit à la charge.

— Vous ne m'avez toujours pas répondu, Eloise.

— Comment osez-vous m'interroger ainsi ?

— Cette question n'est-elle pas légitime ? Ne vous êtes-vous pas enfuie sans rien dire ?

— J'avais laissé un mot.

— Ah oui, bien sûr, ce fameux billet.

— Vous ne me croyez donc pas ?

— Vous êtes bien trop méticuleuse pour être partie sans avoir tout planifié jusqu'au dernier détail.

— Ce n'est tout de même pas de ma faute si cette lettre s'est perdue au milieu des invitations adressées à ma mère.

— Ce n'est pas le problème, répondit Phillip en croisant les bras. Vous avez quitté Londres comme une voleuse au beau milieu de la nuit. J'ai donc pensé que quelque chose avait pu... ternir votre réputation.

— Je vous demande pardon ?

— Croyez-vous qu'il soit si déraisonnable de penser que vous ayez pu avoir un amant ?

Eloise resta muette. N'avait-il pas raison après tout ? Sa réputation était certes immaculée, mais il fallait admettre que cette fugue pouvait sembler bien étrange.

— Sachez cependant, Eloise, que tout cela m'importe peu. Je tiens toujours à vous épouser.

— Vous n'y êtes pas du tout. C'était que... Eh bien...

Les mots s'étranglaient dans sa gorge, mais elle finit par trouver la force de contenir son émotion et se mit à tout lui raconter. Toutes les demandes en mariage dont elle avait fait l'objet et qu'elle avait déclinées les unes après les autres tandis que sa meilleure amie, Pénélope

Featherington, n'en recevait aucune pour sa part, et puis surtout la culpabilité qu'elle avait ressentie en apprenant les épousailles de Pénélope avec Colin, incapable de penser à autre chose qu'à elle-même au lieu de se réjouir de cette union.

Eloise se livra tout entière. Elle lui ouvrit son cœur et son âme, partagea avec lui ses secrets les plus intimes, et lui confia même ceux dont ses plus proches amies ne soupçonnaient pas l'existence. Lorsqu'elle eut enfin terminé son récit, Phillip la contempla avec une infinie douceur, lui prit la main et lui dit :

— Ne vous inquiétez pas, Eloise, tout va bien.

Tout allait en effet pour le mieux dans le meilleur des mondes.

*... je t'accorde que Monsieur Wilson a les traits d'un
batracien, mais à l'avenir j'aimerais que tu te montres un
peu plus circonspecte dans tes propos. Je ne considérerai
certes jamais ce monsieur comme un éventuel prétendant,
mais ce n'est pas un vil crapaud non plus. Je ne tolérerai
pas que ma sœur cadette emploie pareils termes à son
propos, et encore moins en sa présence.*

(Lettre d'Eloise Bridgerton à sa sœur Hyacinthe après
avoir refusé une demande en mariage, la quatrième pour
être exacte.)

Quatre jours plus tard, Phillip et Eloise convolaient en
justes noces. Phillip se demandait encore comment
Anthony était parvenu à accomplir une telle prouesse,
mais le fait est qu'il avait réussi à obtenir une autorisation
spéciale. Ils avaient donc pu sceller leur union sans même
avoir publié les bans au préalable, et un lundi qui plus est.

À l'exception de la sœur d'Eloise qui venait de perdre
son mari en Écosse et qui n'avait pas eu le temps de se
rendre à Romney Hall pour la cérémonie, toute la famille
Bridgerton avait accouru pour célébrer l'événement.
L'usage aurait voulu que les festivités se déroulent dans le
Kent, siège de la famille Bridgerton, ou tout au moins à
Londres, où la famille fréquentait régulièrement l'église

Saint-George à Hanover Square, mais le délai était bien trop court pour pouvoir effectuer tous les préparatifs nécessaires. Benedict et Sophie avaient donc proposé leur demeure. Cependant, Eloise avait pensé que les jumeaux seraient plus à l'aise à Romney Hall. Le mariage avait eu lieu dans une petite église de campagne, puis on avait donné une réception sur la pelouse, à laquelle étaient conviés tous les intimes des jeunes époux.

Alors que le soleil commençait à décliner, Eloise se trouvait seule en compagnie de sa mère dans sa nouvelle chambre à coucher. Violette Bridgerton s'affairait pour se donner une contenance et arrangeait nerveusement le trousseau de sa fille. La femme de chambre d'Eloise s'en était chargée le matin même, mais Violette avait besoin de s'occuper les mains tout en parlant.

— J'aurais tout loisir de me plaindre de me voir ainsi privée d'un moment de gloire. Une mère ne marie pas sa fille tous les jours, vous en conviendrez. Mais, à dire vrai, je suis ravie pour vous, ma chère Eloise.

— Vous désespériez de me voir enfin trouver un époux, n'est-ce pas ?

— En effet… Mais j'ai toujours pensé que vous nous surprendriez au bout du compte. Comme à votre habitude.

Eloise songea à toutes les années qui s'étaient écoulées depuis ses premiers pas au bal des débutantes, à toutes les demandes en mariage déclinées et à toutes ces mères qui, les unes après les autres, mariaient leur fille à des gentlemen des plus convenables, tandis qu'elle se voyait peu à peu reléguée dans les rangs des vieilles filles.

— Je suis navrée de vous avoir déçue, Mère.

— Mes enfants ne m'ont jamais déçue. Ils ne cessent de… m'étonner, et je crois bien que ce n'est point pour me déplaire.

Au bord des larmes, Eloise prit soudain sa mère dans ses bras comme une jeune fille maladroite au corps dégingandé.

— Ce n'est rien, ce n'est rien, ma petite.

— Mère?

— Je redoute le pire, murmura Violette, avant de répondre à Eloise. Oui, ma fille?

— Je crois qu'il faut que nous ayons une petite conversation.

— Est-ce absolument nécessaire, Eloise?

Sa mère lui demandait-elle si on lui avait dit de quel commerce relevait l'union de deux époux le soir de leurs noces, ou bien cherchait-elle à savoir si sa fille avait déjà *connu* Phillip avant de l'épouser? Eloise n'en avait aucune idée.

— Euh... C'est-à-dire que... Je suis encore...

— Excellent, répondit Violette avec un soupir de soulagement. Mais savez-vous?...

— Oui, rétorqua Eloise sans attendre, afin de leur épargner tout embarras inutile. Je ne crois pas avoir besoin d'explications.

— Parfait. J'avoue détester ce rôle. Je ne me souviens plus de ce que j'ai dit à votre sœur Daphné à l'époque, si ce n'est que je n'ai cessé de rougir et de bredouiller. C'est à se demander si notre conversation l'avait éclairée d'une quelconque manière.

— Elle semble s'être fort bien adaptée à la vie matrimoniale.

— En effet. Avec quatre enfants et un mari aimant, que pourrait-elle espérer de mieux?

— Qu'avez-vous conseillé à Francesca?

— Je vous demande pardon?

La sœur d'Eloise s'était mariée six ans plus tôt, mais elle avait perdu son époux dans un tragique accident deux ans plus tard.

— Oui, que lui avez-vous dit ?

Les yeux bleus de Violette Bridgerton s'embuèrent, comme à chaque fois qu'elle pensait à sa troisième fille, la pauvre infortunée. Perdre son mari si jeune...

— Eh bien, vous connaissez Francesca. Je parie qu'elle avait soudoyé une femme de chambre pour qu'elle lui explique tout cela avant même de songer à se marier un jour.

Eloise ne tenait pas à avouer à sa mère qu'elle avait participé elle aussi à cette entreprise. Eloise et Francesca avaient réuni toutes leurs économies pour soutirer quelques explications à Annie Mavel, l'une de leurs soubrettes. Francesca lui avait confirmé par la suite qu'elles étaient en tout point conformes à la réalité.

Violette eut un sourire songeur, puis elle caressa la joue d'Eloise qui avait viré au jaune depuis sa chute.

— Êtes-vous certaine que vous serez heureuse ?

— Il est un peu tard pour me poser cette question, Mère.

— Permettez-moi de m'interroger malgré tout.

— Eh bien, je serai sans doute heureuse ou, tout au moins, je l'espère.

— Sir Phillip a l'air d'être un homme bon.

— C'est le cas.

— C'est un homme d'honneur.

— Cela également.

— Vous serez donc heureuse ma fille, même s'il vous faudra sans doute un peu de temps pour apprécier votre bonheur. Souvenez-vous simplement que...

Violette s'interrompit soudain et se mordit la lèvre inférieure.

— Quoi donc, Mère ? pressa Eloise.

— Souvenez-vous que tout est affaire de temps et qu'on ne saurait se montrer trop impatiente en la matière.

De quoi parlait-elle donc ?

Mais Violette s'était déjà levée et s'apprêtait à partir.

— Je crois bien que je vais devoir emmener la famille avec moi, ou ils risquent de ne jamais quitter les lieux. Sachez toutefois que ce choix m'enchante, Eloise. Tous vos prétendants n'en valaient pas la peine et ils n'auraient pas fait votre bonheur.

Eloise n'en croyait pas ses oreilles.

— Mais ne vous laissez pas dominer par votre propre impatience, Eloise. Donnez-lui le temps et ne le pressez pas. Soyez douce avec lui.

— Je... Je...

Eloise aurait voulu lui promettre qu'il n'en serait rien, mais les mots restaient coincés dans sa gorge. Elle comprenait enfin ce que signifiait le mariage. Elle avait tant songé à Phillip qu'elle en avait oublié sa propre famille. Elle devait s'en séparer à présent, même s'ils seraient toujours à ses côtés, d'une manière ou d'une autre.

Violette avait toujours su trouver les mots justes. C'était une mère remarquable qui s'était occupée avec la même attention de huit enfants aux aspirations pourtant si dissemblables. Violette n'avait adressé aucun reproche à Eloise dans sa lettre, alors même qu'elle en avait toutes les raisons. « J'espère que vous allez bien. Souvenez-vous que vous êtes ma fille chérie et que je vous aimerais toujours », lui avait-elle écrit. Eloise avait fondu en larmes en la lisant. Dieu merci, elle avait attendu de se trouver dans sa chambre, chez Benedict, pour en briser le sceau. Violette Bridgerton avait toutes les qualités du monde, mais sa sagesse et son amour constituaient sa véritable richesse. Eloise n'aspirait qu'à une seule chose : parvenir à l'égaler.

— J'imagine que Sir Phillip et vous-même souhaiteriez avoir un peu d'intimité.

— Oui, Mère. Vous allez me manquer, vous savez.

— Vous nous manquerez aussi, Eloise. Mais vous ne serez pas très loin de Londres. Par ailleurs, Benedict, Sophie et leurs enfants seront vos voisins. Quant à moi, vous risquez fort de me voir souvent, maintenant que j'ai deux nouveaux petits-enfants à gâter !

Eloise écrasa une larme. Sa famille avait accueilli les enfants de Phillip comme s'il s'agissait des siens ; d'ailleurs, les jumeaux jouaient déjà avec les petits-enfants Bridgerton dans le jardin. Violette avait insisté pour qu'ils l'appellent Bonne Maman, un nouveau nom qu'ils acceptèrent avec d'autant plus de joie qu'elle appuya sa requête à l'aide d'un gros sac de bonbons à la menthe. Ils avaient soi-disant échoué dans sa valise par le plus grand des hasards...

Eloise avait déjà fait ses adieux aux autres membres de la famille. C'est pourquoi, lorsque Violette referma la porte derrière elle, la jeune femme eut le sentiment qu'elle était vraiment devenue Lady Crane, femme d'un grand propriétaire terrien du Gloucestershire et tenant du titre de baronnet. Elle demeurait à présent à Romney Hall, se retrouvait à la tête d'une maison et avec deux enfants à charge. Pas une seule de ses sœurs n'avait dû affronter d'aussi lourdes responsabilités leur union à peine scellée. Mais Eloise saurait relever le défi : à vingt-huit ans, elle avait quelque peu vécu. N'était-elle pas une Bridgerton après tout?

Quelqu'un frappa à la porte, interrompant les réflexions de la jeune mariée. Phillip se tenait sur le seuil de la chambre. Il s'éclaircit la voix et tira sur sa cravate. Il était mal à l'aise vêtu d'un costume aussi formel, et il aurait sans doute préféré porter sa tenue de travail. Eloise venait d'épouser un homme qui avait une véritable vocation, contrairement à tous ces jeunes écervelés londoniens. Elle appréciait sa passion pour les plantes, son goût pour la recherche. Qu'aurait-elle fait d'un mari féru de courses hippiques et de paris stupides?

Eloise l'estimait beaucoup.

— Souhaitez-vous que je vous laisse encore quelques minutes, Eloise?

Eloise secoua la tête. Elle était prête.

— Dieu merci, Eloise.

L'instant d'après, Phillip l'embrassait avec fougue, la serrait dans ses bras et la soulevait du sol. Elle allait connaître enfin le bonheur.

Phillip aurait sans doute dû se consacrer plus studieusement au bon déroulement de son mariage, mais, en vérité, il avait quelque difficulté à se concentrer sur le moment présent alors que sa nuit de noces était si proche. Chaque fois qu'il croisait Eloise, qu'il respirait son parfum entêtant, tout son corps revivait le baiser fougueux échangé dans le bureau de Sophie Bridgerton.

Le moment ultime était arrivé: ils étaient enfin seuls. Eloise resplendissait de mille feux, les cheveux ainsi dénoués. C'était la première fois qu'il la voyait sans sa coiffure compliquée.

— Je me suis toujours demandé pourquoi les femmes ramassaient leur chevelure en un chignon, lui murmura-t-il à l'oreille après l'avoir embrassée pour la septième fois.

— Ainsi le veut l'usage.

— Mais vous n'y êtes pas du tout, Eloise. C'est pour protéger la gent masculine.

— Pour nous préserver de vous, c'est bien cela, rassurez-moi ?

— Mais non, chère Eloise. Sachez que je n'aurais d'autre choix que de tuer celui qui par malheur vous verrait ainsi décoiffée.

— Phillip, gronda-t-elle en rougissant, touchée par ce compliment détourné.

— Comment pourrais-je vous résister ?

— Nombreux sont ceux qui m'ont trouvée fort peu séduisante à ce jour.

— Ce ne sont que des idiots ! J'en suis ravi cependant, soyez-en sûre.

Phillip posa à nouveau ses lèvres sur les siennes tandis qu'il tentait en vain de déboutonner le dos de sa robe.

— Tournez-vous, ordonna-t-il.

À l'évidence, Phillip n'avait pas la main experte d'un séducteur rompu qui, lui, aurait su agir les yeux fermés. Mais qu'importe ? Ils avaient une vie entière pour se découvrir, s'apprendre et s'aimer.

Le dernier bouton céda. Phillip y faufila ses doigts pour palper la chair frémissante. Le tissu glissa lentement sur les épaules d'Eloise, puis le long de ses hanches, révélant la courbure de ses fesses rondes qu'il aurait tant aimé embrasser. Mais la jeune femme était encore trop innocente pour s'adonner à de tels attouchements. Au lieu de cela, Phillip déposa un baiser brûlant sur sa nuque.

Mais pourquoi brider sa langue ou réprimer ses ardeurs ? Eloise n'avait rien à voir avec la frêle Marina, et il n'avait nul besoin de craindre de la voir sombrer dans le plus profond désespoir. Incapable de se contenir plus longtemps, Phillip tomba à genoux, la saisit par les hanches et l'embrassa passionnément au creux des reins. Puis il fit courir la pointe de sa langue le long de sa colonne pour goûter au sel de sa peau au grain de velours.

— Phillip ! soupira-t-elle, à bout de souffle et prête à défaillir.

Il se releva et la fit pivoter sur elle-même avant de l'embrasser une fois encore en la débarrassant de sa robe, sous laquelle elle était presque nue. Elle réprima un cri lorsque la pointe de ses seins frôla le lin de sa chemise, mais au lieu de contempler sa poitrine ainsi offerte, Phillip se mit à la caresser avec une infinie douceur, les lèvres toujours rivées aux siennes.

— Phillip !

D'une main experte, Phillip agaça le téton de son sein gauche qui durcissait peu à peu sous la pression délicate de ses doigts. Mais, lorsque, n'y tenant plus, il se détacha de son corps pour contempler enfin sa délicieuse nudité, il fut ébloui de découvrir une chair aussi resplendissante. Baignée par la lumière des derniers rayons du soleil couchant qui filtraient par les persiennes, sa peau avait pris une teinte rouge et or. Eloise avait des seins magnifiques, plus généreux encore qu'il ne les avait imaginés. Comment résister à pareille tentation ? Il aurait pu passer une vie entière à dévorer ces fruits gourmands...

Mon Dieu ! Qui espérait-il tromper ainsi ? Il voulait la posséder et plonger jusqu'aux tréfonds de son être, voilà la vérité !

Phillip déboutonna sa propre chemise sous le regard attendri d'Eloise jusqu'à ce que la pudeur le pousse à lui tourner le dos.

— Mon Dieu ! s'exclama soudain Eloise en voyant ses reins.

Phillip s'immobilisa. Quel idiot il faisait ! Il avait oublié de la prévenir.

— Que vous est-il arrivé, mon tendre ami ?

Phillip resta muet, incapable de comprendre le malaise que provoquait la question d'Eloise. Après tout, n'allait-elle pas rester à ses côtés jusqu'à ce que la mort les sépare ? Ne le verrait-elle pas ainsi dénudé chaque jour que Dieu leur accorderait ? S'il devait révéler l'origine de ses cicatrices à quelqu'un, c'était bien à son épouse.

— On m'a flagellé.

— Qui vous a fait subir pareil châtiment ?

— Mon père.

Phillip se souvenait particulièrement bien du jour où il l'avait battu à mort. Il avait douze ans. Son père l'avait forcé à l'accompagner à la chasse. Phillip était bon cavalier, mais manquait encore d'expérience et n'avait donc pu suivre son père qui venait de franchir un obstacle imposant. Il avait essayé malgré tout, craignant de se voir traiter de lâche : hélas, son cheval avait pilé et l'avait projeté au loin. C'était un miracle qu'il en soit ressorti indemne, pourtant Thomas Crane n'en était pas moins furieux : ses fils devaient savoir monter à cheval, pratiquer le tir et l'escrime, comme tout Anglais qui se respecte, mais aussi la boxe ; en réalité, ils devaient exceller en toute chose.

Que Dieu leur vienne en aide si par malheur ils connaissaient le moindre échec.

Certes, George avait réussi à sauter l'obstacle, George était toujours meilleur que son cadet dès lors qu'il s'agissait de pratiquer quelque sport. Mais n'était-il pas de deux ans son aîné après tout ? Il avait d'ailleurs pris la défense de son jeune frère face à la folie du père qui les avait fouettés tous deux : il fallait que Phillip apprenne à se comporter comme un homme, tandis que George aurait dû savoir tenir sa langue et respecter son autorité. D'ordinaire, leur père se servait plus volontiers d'une ceinture dont le cuir ne laissait aucune trace sur la chair de ses enfants, mais cette fois-là, aveuglé par la colère, il avait employé sa cravache pour les rouer de coups.

— Je suis désolé de vous avoir conté cette histoire, Eloise, conclut-il enfin.

— Pas moi. En revanche, je suis furieuse.

En la voyant ainsi nue et les poings sur les hanches, prête à s'aventurer jusqu'aux derniers cercles de l'Enfer pour y invectiver feu son père, Phillip ne put s'empêcher d'éclater de rire. Elle serait parfaite. Il lui prit la main et la serra contre son torse, là, tout contre son cœur.

— Il bat si fort, murmura-t-elle. Je ne savais pas que les travaux botaniques exigeaient une telle force physique.

— Il m'arrive de travailler en plein air, vous savez.

— Avec les ouvriers ?

— Eloise Bridgerton !

— Crane, rectifia-t-elle.

— Ne me dites pas que les ouvriers agricoles hantent vos pensées les plus secrètes…

— Bien sûr que non… C'est qu'ils ont l'air si… si puissants… peinant à la tâche en plein soleil.

— Oh, Eloise, vous n'avez pas la moindre idée de ce dont vous parlez.

Phillip se mit alors à la couvrir de baisers. Il lui dévora

le cou, puis l'épaule et finit par avaler goulûment l'un de ses tétons après l'avoir titillé avec la pointe de sa langue.

— Phillip! hurla-t-elle.

Pour toute réponse, Phillip la prit dans ses bras et la transporta jusqu'à sa couche. Là, il la contempla encore un instant avant de faire glisser ses bas le long de ses cuisses avec une infinie lenteur, tandis qu'Eloise couvrait pudiquement son sexe de ses mains. Phillip défit ensuite les boutons de son pantalon, mais, au seuil de la nudité, il marqua une dernière pause et attendit qu'Eloise lui indique, d'un regard, qu'elle était enfin prête. Elle acquiesça et, avec une vélocité quasi inhumaine, Phillip se défit de ses derniers vêtements avant de s'allonger aux côtés de son épouse. Ils étaient à présent nus l'un et l'autre.

— Ne craignez rien, Eloise.

— Je n'ai pas peur.

— Comment ça?

— Je suis certes nerveuse, mais je n'ai nulle crainte.

— Vous êtes sublime, ma douce.

— C'est ce que je répète à qui veut l'entendre, pourtant il semblerait que vous soyez le seul à me croire.

Phillip laissa échapper un gloussement amusé. C'était la deuxième fois qu'elle le faisait rire, et il remerciait Dieu de lui avoir donné une épouse aussi délicieuse. Il prit son visage entre ses mains, l'embrassa une fois encore, puis il inonda son corps de baisers, en prenant soin de ne pas s'aventurer trop près de son sanctuaire, même s'il brûlait d'envie d'en attiser le feu. Patience...

Phillip agrippa ses mollets et entrouvrit ses cuisses de velours. Il avait le souffle court et tentait de maîtriser l'impossible tension qu'il sentait monter en lui telle une lame de fond. Mais il fallait qu'il marque une pause.

— Oh, Eloise.

— Phillip, vous êtes si... si... puissant.

— Ne savez-vous donc pas que c'est exactement ce qu'un homme rêve d'entendre ?

— Je n'en doute point. Ce doit être le genre de choses dont vous vous vantez en jouant aux cartes dans les tavernes locales, lança-t-elle avec une pointe d'ironie.

— Eloise, je vous assure que...

— Cela va-t-il me faire beaucoup souffrir ? l'interrompit-elle brusquement.

— Je ne peux vous rassurer, je n'ai jamais été à votre place. Un peu, sans doute, mais pas trop, du moins je l'espère.

— J'ai... j'ai...

— Dites-moi, Eloise.

— J'ai si peur que les voiles de ce songe voluptueux dans lequel vous m'avez plongée ne se déchirent soudain... Je n'arrive pas à imaginer comment vous pourriez...

Phillip ne lui laissa pas finir sa phrase : il glissa le long de son corps, empoigna ses cuisses avec fermeté, les écarta et plongea une langue enflammée au cœur de son intimité. Eloise se cabra comme une furie, mais Phillip dardait de plus belle les replis de sa féminité, et dévorait goulûment ce fruit aux divines saveurs.

S'il avait entendu certains hommes vanter les délices d'une telle pratique, jamais Phillip n'avait imaginé connaître un tel vertige. Voilà qu'il se trouvait à deux doigts de la jouissance suprême ; et dire qu'il n'avait pas même effleuré Eloise ! Mais pour rien au monde Phillip n'aurait hésité à la faire sienne le soir de ses noces : il remonta le long de son corps tendu par le désir et s'immisça à nouveau entre ses cuisses perlées de rosée. Eloise ne lui opposa aucune résistance.

Phillip plaqua alors son ventre contre le sien et retrouva l'entrée soyeuse du temple interdit.

— Phillip ! hurla-t-elle lorsqu'il franchit la porte ultime pour s'abîmer dans les flammes qui déjà consumaient sa chair palpitante. Continuez ! l'implora-t-elle avant de se cambrer, secouée de spasmes, incapable d'étouffer ses cris tandis que Phillip répondait à son appel et honorait de sa semence brûlante la déesse de l'amour. Eloise lui appartenait enfin corps et âme.

... je ne puis croire que tu refuses de m'en dire plus. Dois-je te rappeler que je suis ton aînée et que tu me dois le respect. J'apprécie que tu m'aies confirmé les dires d'Annie Mavel quant à la vie matrimoniale, mais je te saurais gré de ne pas t'en tenir à ce compte rendu d'une fâcheuse brièveté. Le bonheur conjugal ne t'empêche tout de même pas d'écrire un peu plus longuement à ta sœur bien aimée que je sache.

(Lettre d'Eloise Bridgerton à sa sœur, la comtesse de Kilmartin, deux semaines après son mariage.)

Une semaine plus tard, Eloise passait en revue les comptes de la maison dans le petit bureau que l'on venait d'aménager pour ses travaux d'écriture. Mais au lieu d'estimer les dépenses, de dénombrer les sacs de farine et de pointer les gages des domestiques, elle comptait plus volontiers le nombre de fois où elle avait fait l'amour avec Phillip.

Treize, non quatorze... Ou bien était-ce quinze ? Elle rougit en songeant à la nuit où, sans même unir leurs chairs, ils avaient connu ensemble l'extase... Mon Dieu ! Comment avait-elle osé l'embrasser *là* ? Elle qui n'envisageait même pas qu'une telle *chose* fût possible. En tout cas, Annie Mavel ne l'avait pas mentionnée dans la leçon prodiguée à Eloise et Francesca quelques années plus tôt. Mais avait-elle jamais pratiqué la chose ? Il était difficile de l'imaginer en pareille posture, comme quiconque d'ailleurs.

Quel bonheur que d'avoir un mari aussi passionné ! Eloise ne le voyait guère durant la journée, car il vaquait à ses activités tandis qu'elle s'occupait de la maison. Mais la nuit, après lui avoir accordé cinq minutes pour accomplir sa toilette, il se ruait sur elle comme un possédé. Phillip semblait animé d'une énergie sans fin. Chaque soir, il lui dévoilait de nouvelles postures si exquises qu'elle ne savait si elle devait l'encourager ou crier grâce. Sa bouche, ses dents, sa langue... Il aurait fallu être à demi-morte pour ne pas céder aux transports de l'amour dans les bras d'un homme aussi avide de ses charmes.

Eloise jeta un coup d'œil par la fenêtre. Elle ne voyait pas la serre de là où elle se trouvait, mais elle savait que Phillip y travaillait avec acharnement et n'en ressortirait qu'au crépuscule. Il demandait souvent qu'on lui apporte un plateau et ne daignait pas même rejoindre Eloise pour partager son repas. Cela n'avait certes rien d'extraordinaire car un couple se devait de conserver une certaine indépendance, mais cela faisait à peine une semaine qu'ils étaient mariés et elle le connaissait encore si peu. À dire vrai, Phillip n'aimait guère pratiquer la conversation avec son épouse et lui préférait un tout autre commerce. Chaque fois qu'Eloise avait sollicité son avis sur des questions domestiques, il avait haussé les épaules à tel point qu'elle se demandait s'il avait épousé une femme ou bien une gouvernante qu'il retrouvait toutes les nuits sur sa couche.

Eloise savait bien que le mariage ne se résumait pas à cela. Même si elle ne gardait que peu de souvenirs de l'union de ses propres parents, l'exemple de ses frères et sœurs suffisait amplement à lui indiquer la voie du bonheur conjugal. Si seulement Phillip délaissait quelque peu ses travaux...

Tout à coup, Eloise se leva. Elle était bien décidée à lui en toucher quelques mots. Pourquoi n'irait-elle pas le retrouver dans sa serre, après tout? Peut-être apprécierait-il son intérêt soudain pour la botanique?

Sois patiente, Eloise... Elle entendait encore les recommandations que lui avait prodiguées sa mère avant de la quitter et ce n'est qu'au prix d'un immense effort de volonté qu'elle se fit violence et reprit place à son bureau. Mais comment pourrait-elle jamais rester ainsi cloîtrée alors qu'elle était de nature à toujours s'affairer aux quatre coins de la maison, recherchant sans cesse la compagnie des autres pour leur faire part de ses opinions? Eloise poussa un profond soupir: Violette Bridgerton ne lui avait-elle pas dit qu'elle trouvait son impatience tout à fait délicieuse? Quel joli compliment de la part d'une mère aussi aimante...

Alors pourquoi doutait-elle soudain ainsi d'elle-même? Certes, Eloise se montrait beaucoup trop bavarde et sans doute un brin trop franche, mais la plupart des gens n'y trouvaient rien à redire. N'y tenant plus, Eloise referma ses cahiers et se leva. Elle accorderait à Sir Phillip toute l'intimité dont il avait besoin, mais elle ne resterait certainement pas là. Quant aux comptes, ils attendraient. Comment allait-elle donc s'occuper à présent? Les enfants! Mais bien sûr! Pourquoi n'y avait-elle pas pensé plus tôt?

Il fallait qu'elle supervise leurs leçons et s'assure qu'Oliver et Amanda les apprennent comme il se doit. Si le garçon voulait entrer à Eton à l'automne suivant, il ne pouvait viser rien de moins que l'excellence. Elle engagerait de nouveaux tuteurs car il était grand temps que les jumeaux apprennent à jouer du piano, à parler français et, bien entendu, à maîtriser le calcul mental. Leur garde-robe laissait aussi à désirer. Ils avaient grandi si vite que leurs vêtements étaient bien trop étriqués. Amanda méritait de plus jolies toilettes, et il conviendrait de contacter le tailleur et la couturière au plus vite...

— Mais que se passe-t-il, Oliver? demanda-t-elle en ouvrant la porte de la nurserie.

Le petit garçon avait les yeux rouges et Amanda sanglotait dans un coin de la pièce. Les deux enfants restèrent silencieux.

— Nurse Edwards?

— Ils boudent car ils ont été punis.

— Puis-je connaître le motif de cette punition?

— Manque de respect.

— Je vois. Et quel châtiment leur avez-vous infligé?

— Quelques coups de baguette sur les doigts ont suffi.

Eloise contint son indignation. Elle ne tenait pas à saper l'autorité de Nurse Edwards devant les jumeaux, mais elle n'appréciait guère les châtiments corporels, même si c'était une pratique courante dans les meilleures écoles du pays. Ses frères avaient dû subir eux aussi de telles punitions lorsqu'ils étaient encore à Eton, et sans doute plus d'une fois d'ailleurs. Cependant, il y avait quelque chose de profondément dérangeant dans le regard abattu des deux enfants. Eloise prit donc Nurse Edwards à part pour lui exposer son point de vue.

— Oliver et Amanda ont certes besoin de discipline, mais pourriez-vous, à l'avenir, vous montrer un peu moins sévère?

— Voyons, ils ne retiendront jamais leur leçon !

— Laissez-moi en juger si vous le voulez bien. Je vous prie de bien vouloir vous montrer plus clémente envers eux. Ce ne sont que des enfants. Par ailleurs, sachez qu'il ne s'agit pas d'une requête, mais d'un ordre.

Nurse Edwards pinça les lèvres avec un air désapprobateur, mais elle acquiesça, de mauvais gré. Eloise se tourna alors vers les jumeaux.

— Je suis certaine qu'ils ont bien retenu leur leçon. Peut-être pourrions-nous passer un moment ensemble ?

— Nous nous exerçons aux travaux d'écriture et nous ne pouvons nous permettre de nous accorder quelque pause que ce soit, surtout si je dois assumer à la fois les rôles de nurse et de gouvernante dans cette maison.

— Je vous assure que je vais régler ce problème au plus vite. Je serai ravie de prendre le relais. Nous ne prendrons aucun retard dans notre travail.

— Je ne pense pas que...

Eloise la vrilla d'un regard de glace. Elle était une Bridgerton et n'allait pas se laisser marcher sur les pieds par une nurse récalcitrante.

— Contentez-vous de m'indiquer la leçon que vous aviez prévue pour aujourd'hui, Nurse Edwards.

— Nous pratiquons le M, le N et le O. En majuscules *et* en minuscules.

— Je vois. Je crois posséder toutes les qualifications nécessaires...

— Ce sera tout, Madame ? s'enquit Nurse Edwards le visage rouge de colère.

— Vous pouvez disposer. Profitez bien de votre temps libre. Votre double fonction ne vous en laisse guère, si je ne m'abuse. Mais veillez à être de retour à temps pour vous occuper du déjeuner de ces jeunes gens.

Nurse Edwards quitta la pièce sans rien dire. Les jumeaux regardaient Eloise comme s'il s'agissait d'une déesse, descendue des cieux pour arracher les enfants des griffes des vilaines sorcières.

— Eh bien, maintenant, si nous…

Amanda ne lui laissa pas le temps de finir sa phrase. Elle se jeta sur elle et l'étreignit de toutes ses forces. Oliver ne tarda pas à l'imiter.

— Allons, allons. C'est fini.

À dire vrai, Eloise détestait cette femme plus que tout au monde et songeait déjà à lui trouver une remplaçante.

— Mettons-nous au travail. J'imagine que vous n'avez pas envie d'affronter Nurse Edwards sans avoir effectué quelques exercices, n'est-ce pas ?

Il faut vraiment que j'en parle à Phillip, pensa-t-elle en examinant les mains rougies d'Oliver. *Dès que possible.*

Phillip fredonnait gaiement tout en rempotant un jeune plant. Jamais il ne s'était senti aussi détendu : depuis qu'il avait rencontré Eloise, il goûtait enfin au bonheur. Il se réveillait chaque matin avec le sentiment qu'il vivait dans un monde merveilleux et s'endormait tout aussi léger d'avoir passé une excellente journée.

Eloise avait bouleversé sa vie en lui ouvrant d'innombrables perspectives. Il n'aurait jamais imaginé connaître une telle béatitude dans les bras d'une femme, et ses expériences passées lui paraissaient désormais bien fades. Par ailleurs, il avait trouvé en Eloise une mère idéale pour ses enfants, lui qui n'avait jamais su être un bon père. Il n'avait plus aucune raison de s'inquiéter : sa tendre épouse veillait à leur bien-être.

Il arrivait parfois qu'Eloise le regardât comme si elle attendait quelque chose d'autre de sa part, mais quoi de plus normal ? N'était-il pas un homme, et elle une femme ? Phillip lui savait gré de sa franchise car elle lui épargnait les devinettes et autres petits jeux si chers au deuxième sexe. Son frère ne l'avait-il pas mis en garde lorsqu'il était encore en vie : « Méfie-toi d'une femme qui pose trop de questions. Jamais tu ne lui donneras la réponse qu'elle attend de toi. » Au diable les conversations interminables lorsqu'un tout autre commerce les attendait dans leur chambre nuptiale...

— Je vous dérange ?

Phillip n'avait pas fini de transplanter la jeune pousse qu'il venait de déterrer, mais cela n'avait guère d'importance. Il était ravi de voir son épouse.

— Pas du tout, ma chère, si toutefois ma tenue ne heurte point votre sens esthétique.

— Je n'y vois aucun inconvénient, Phillip.

— Que me vaut cette visite impromptue ? dit-il d'un ton badin, encore tout empreint de la rêverie que venait...

Que diable n'avait-il installé un système permettant d'occulter au besoin les panneaux de verre de la serre ? Si Eloise persistait à lui rendre de telles visites à l'improviste, il faudrait qu'il s'en occupe sans plus tarder.

— Nurse Edwards. Je n'aime pas cette femme.

Phillip espérait une tout autre réponse, mais il sut cacher son dépit. Après tout, ce n'était ni le lieu, ni l'heure de badiner.

— Pardon ? Pourquoi donc ?

— Je ne sais pas. Je ne l'aime pas, voilà tout.

— Voyons, Eloise, ce n'est pas suffisant pour la congédier.

— Mais elle frappe les enfants ! déclara Eloise soudain fort agacée.

— Avaient-ils mérité une correction ?

— Je ne sais pas. Je n'étais pas présente. Ce sont de véritables petits monstres, mais j'ai lu quelque chose dans leurs yeux qui m'a profondément troublée.

— Dans ce cas, menez votre enquête, ma chère.

— Ne voulez-vous donc pas vous en charger, Phillip?

— Voyez-vous, je n'ai jamais eu à me plaindre des services de Nurse Edwards, et puis vous êtes bien meilleure que moi pour régler ce genre de différend.

— Mais... Vous êtes leur père!

— Et vous leur mère. J'ai confiance en votre jugement et c'est pourquoi je vous ai épousée, déclara-t-il en la prenant dans ses bras. Il commençait déjà à la caresser lorsqu'Eloise s'exclama:

— C'est... *Que faites-vous*?

— Rien, Eloise. Qu'est-ce qui vous froisse donc tant?

— Qu'est-ce qui me *froisse*? Comment osez-vous me demander cela?

— Eh bien, tout simplement parce que j'ai besoin de vos lumières.

— Phillip, ce n'est pas le moment.

— De vous demander ce qui vous froisse?

— Non! hurla-t-elle.

— Eloise, sans vouloir vous paraître stupide, je ne comprends pas de quoi vous voulez parler.

— Vous ne *comprenez* pas?

— Je ne lis pas dans les pensées.

— L'heure est mal choisie pour ce genre de jeux!

— Il est vrai que ces lieux manquent un peu d'intimité. Que diriez-vous de retourner à la maison...

— Décidément vous n'y êtes pas du tout, mon ami.

— Fort bien. J'abandonne.

— Ces hommes..., grommela-t-elle.

— C'est trop d'honneur. Vous allez me faire rougir...

Eloise le transperça d'un regard de glace.

— Vous vous leurrez sur le sens de mes propos, mon cher.

— Me prendriez-vous donc pour un sot ?

— Vous ne m'avez guère donné la preuve du contraire.

— Assez ! Je ne connais même pas l'objet de cette querelle. Il y a une minute à peine vous vous jetiez dans mes bras...

— Décidément, l'espoir fait vivre !

— Que voulez-vous dire ?

— Phillip, je suis venue vous parler et je n'ai que faire de vos cajoleries.

— Parler, voilà tout ce qui vous intéresse. Blablabla...

— Si cela vous déplaît tant, vous auriez dû réfléchir à deux fois avant de m'épouser.

— Croyez-vous qu'on m'ait laissé le choix ? Vos frères étaient à deux doigts de m'émasculer si j'avais décliné leur offre. Et sachez pour votre gouverne que vos bavardages ne sont pas pour me déplaire dès lors qu'ils cessent de temps à autre.

— Vous êtes imbuvable, Phillip. Je suis navrée que vous trouviez ma propension aux échanges verbaux si irritante, mais il se trouve que je voulais vous parler de quelque chose d'important et que vous n'avez rien trouvé de mieux à faire que de m'embrasser.

— Quoi de plus naturel ? Vous êtes mon épouse après tout.

— Certes, mais nous ne pouvons pas passer notre temps à... vous savez bien...

— Non, je ne sais pas, répondit-il avec une mauvaise foi flagrante.

— Phillip, je vous en prie, ne vous conduisez pas ainsi.

— Je ne comprendrai jamais rien aux femmes !

— Phillip, je vous assure que j'apprécie vos attentions...

— Vous m'en voyez ravi.

— Mais notre mariage ne peut se résumer à cela.

De quoi se plaignait-elle donc ? Cette union était parfaite, du moins le croyait-il jusqu'alors.

— Eloise, que vous faut-il de plus ? Cela fait à peine une semaine que nous sommes mariés !

— Je ne sais pas. Je...

— Je ne suis qu'un homme.

— Et je ne suis qu'une femme, répondit-elle avec douceur.

— Avez-vous la moindre idée de l'abstinence que j'ai dû endurer toutes ces années ?

Eloise écarquilla les yeux, mais ne dit rien.

— Huit longues années, Eloise ! La prochaine fois que je m'aventurerai entre vos cuisses, veuillez avoir l'extrême obligeance d'excuser mon manque de maturité ! Quant à l'excès de virilité dont vous semblez tant vous plaindre, sachez que je jouis *enfin* de la vie ! Est-il si difficile de comprendre cela ?

Furieux et incapable de souffrir la présence d'Eloise un instant de plus, Phillip prit la porte sans ajouter un mot.

... c'est votre droit le plus légitime, chère Kate. Il est vrai que les hommes sont si faciles à manipuler que nous avons toujours le dernier mot. Cependant, si j'avais accepté la demande en mariage de Lord Lacye, je n'en aurais pas même eu le loisir... Cet homme est si peu disert! Ne trouvez-vous pas cela des plus surprenants?

(Lettre d'Eloise Bridgerton à sa belle-sœur, la vicomtesse Bridgerton, après avoir refusé sa cinquième demande en mariage.)

Eloise resta seule dans la serre, immobile, pendant près d'une heure.

Que s'était-il passé?

Elle venait, objectivement, de se disputer avec Phillip, mais jamais elle n'avait franchi les bornes de la civilité. Et voilà qu'il s'était mis dans une colère noire et l'avait plantée là sans autre forme de procès. Oui, Phillip l'avait bel et bien abandonnée! Comment avait-il pu oser lui faire un tel affront? Eloise était certes à l'origine de leur accrochage; cela ne justifiait en rien pareil comportement. Pire encore, elle se trouvait prise au dépourvu et ne savait comment réagir. tait-il donc si malvenu de vouloir discuter du sort de ses enfants au lieu de se ruer dans la chambre nuptiale au beau milieu de l'après-midi?

Dépitée, Eloise poussa un profond soupir. Jamais elle ne s'était sentie si seule au monde.

Elle aurait tant voulu que sa mère soit là pour la réconforter.

Non, à la réflexion, elle se serait plus volontiers confiée à l'une de ses sœurs. Comme à l'accoutumée, Violette Bridgerton se serait montrée tendre et compréhensive, mais Eloise n'était plus une petite fille et, pour rien au monde, elle n'aurait voulu qu'on la traite comme telle. Sa sœur Daphné trouvait toujours les mots justes, et Francesca parvenait à la rassurer à chaque fois qu'elle la sollicitait, mais l'une habitait à Londres et l'autre en Écosse, et Eloise n'allait tout de même pas s'enfuir lâchement de Romney Hall pour les rejoindre. Quant à sa sœur Hyacinthe, elle avait à peine plus de vingt et un ans, était encore célibataire et ne connaissait rien aux hommes. En revanche, sa belle-sœur Sophie, qui habitait à une heure de route de là, pourrait être de bon conseil, qui sait ?

Malgré les nuages menaçants qui s'amoncelaient dans le ciel et masquaient la position du soleil, Eloise se dit qu'il était encore tôt. Elle pourrait donc passer la plus grande partie de l'après-midi en compagnie de Sophie, et serait revenue à temps pour le dîner.

Phillip passa le reste de la journée à défricher les champs. Il n'était pas d'humeur à planter quoi que ce soit et voulait laisser libre cours à sa colère. À dire vrai, il s'en voulait tout autant qu'à Eloise. Quel désastre ! Dire qu'il croyait avoir conclu une union idéale !

Phillip avait épousé Eloise pour qu'elle prenne en charge toutes les tâches ennuyeuses qui lui empoisonnaient la vie, et il ne s'attendait pas à voir naître en son cœur des sentiments aussi puissants à son égard.

Or, il l'avait rendue malheureuse et se devait d'aller lui parler maintenant. C'était bien la dernière chose dont il avait envie, mais il ne pouvait esquiver ce problème. Il s'agissait de leur mariage et non d'une quelconque brouille d'ordre domestique. Il affronterait le dragon même s'il était certain que jamais il ne serait à la hauteur des attentes d'Eloise.

La jeune femme lui demanderait de lui exposer ses *sentiments*. Y avait-il une seule femme sur terre qui comprenne que les hommes n'exprimaient pas leurs émotions ? Après tout, peut-être valait-il mieux qu'il lui présente ses excuses sur le champ, même s'il ne savait pas vraiment pourquoi ? Cela aurait au moins le mérite d'apaiser quelque peu Eloise. Phillip ne voulait que son bonheur et jamais, ô grand jamais, il n'aurait toléré qu'elle regrette de l'avoir épousé.

Phillip revint donc sur ses pas, cette fois bien décidé à s'entretenir avec elle. Mais il ne trouva pas Eloise à Romney Hall et demanda à Gunning s'il savait quelque chose.

— Madame est sortie, j'en ai bien peur, Monsieur.

— Que voulez-vous dire, Gunning ?

— Madame est partie chez son frère.

— Lequel ?

— Celui qui vit non loin d'ici, j'imagine, Monsieur.

— Vous n'en êtes donc point certain ?

— J'en suis sûr, Monsieur, pardonnez-moi.

— Vous a-t-elle dit quand elle comptait revenir ?

— Non, Monsieur.

Phillip laissa échapper un juron. Eloise n'aurait tout de même pas décidé de prendre la fuite sur un coup de tête ?

Elle n'a emporté aucun bagage, Monsieur, précisa Gunning en voyant le visage décomposé de son maître.

Voilà qui couronnait le tout! Son propre majordome tentait de le rassurer en lui indiquant que sa femme ne l'avait pas quitté.

— Ce sera tout, merci, Gunning.

— Très bien, Monsieur.

Que diable était-il censé faire à présent? Poursuivre Eloise? Hors de question! Si c'est de solitude dont elle avait besoin, à sa guise. Il ne l'en priverait pas. Sur ce, Phillip décida de s'enfermer dans son bureau pour pouvoir passer ses nerfs sans témoin. Sur le seuil, il jeta un coup d'œil à l'horloge de son grand-père qui trônait au fond du couloir: elle allait bientôt sonner trois heures, heure du goûter de ses enfants. Puisqu'Eloise lui reprochait de ne pas s'intéresser à leur bien-être, il passerait quelques instants en leur compagnie.

Phillip se rendit donc à l'étage d'un pas résolu, mais à peine fut-il arrivé en haut des escaliers qu'il entendit des sanglots qui s'échappaient de la nurserie. Phillip s'approcha à pas de loup de la porte entrebâillée pour observer la scène, et quelle ne fut sa surprise lorsqu'il vit Oliver qui gisait sur le sol, recroquevillé sur lui-même et pleurant à chaudes larmes tandis que Nurse Edwards frappait Amanda avec un gros livre. Furieux, Phillip poussa brutalement la porte et bondit aussitôt dans la chambre.

— Nurse Edwards! Que faites-vous?

Surprise, Nurse Edwards pivota sur elle-même, mais Phillip ne lui laissa pas le temps d'ouvrir la bouche. Il lui arracha le livre des mains, et le jeta violemment contre le mur.

— Sir Phillip!

— Comment osez-vous frapper ces enfants?

— On m'a dit de...

— Et vous avez agi en cachette, à l'insu de tous. Combien d'enfants avez-vous martyrisés ainsi en prenant bien garde de ne laisser aucune marque ?

— Ils m'ont manqué de respect. Il fallait que je les punisse.

— Hors de ma vue ! Nous n'avons plus besoin de vos services !

— Vous m'aviez pourtant dit de discipliner vos enfants comme bon me semblerait.

— Croyez-vous que ce soit une façon d'élever des enfants ? En les frappant avec un livre ?

— Je n'avais pas de baguette sous la main, répondit Nurse Edwards avec arrogance.

À ces mots, Phillip crut qu'il allait lui sauter à la gorge et la jeter hors de la pièce. Il y avait bien eu jadis une baguette dans la nurserie, et le crochet auquel elle était suspendue se trouvait encore là, juste à côté de la fenêtre. Phillip l'avait brûlée le jour des funérailles de son père. Il l'avait regardée se consumer jusqu'au dernier atome. Phillip n'aurait su dire combien de fois son père l'avait flagellé, que ce soit avec cette maudite baguette, sa ceinture ou sa cravache. Thomas Crane détestait les pleurnichards, et les sanglots qu'il arrachait si souvent à son fils ne faisaient que redoubler sa fureur. Chose étrange cependant, son père n'avait jamais songé à se servir d'un livre pour le rouer de coups.

— Sortez d'ici sur le champ !

— Sir Phillip ! protesta-t-elle.

— Disparaissez, vous dis-je, ou je ne réponds plus de rien.

— Laissez-moi au moins rassembler mes affaires !

— Je vous accorde une demi-heure. Pas une minute de plus.

Nurse Edwards avait l'expression d'une vieille mégère.

— Vous mènerez ces enfants à la ruine !

— Gardez donc vos précieux conseils. C'est à moi, et à moi seul, qu'il revient de décider de leur éducation.

— Faites comme bon vous semble. Ce ne sont que de petits scélérats mal élevés et…

— Dehors ! hurla-t-il en s'avançant vers elle d'un air menaçant.

Effrayée, Nurse Edwards tourna les talons et s'enfuit dans le couloir sans demander son reste, tandis que Phillip, statique, s'évertuait à recouvrer ses esprits. Il tournait le dos à Oliver et Amanda et il n'osait pas encore les regarder. Il était rongé par la culpabilité : comment avait-il pu engager une telle ogresse pour s'occuper d'eux ? Et dire qu'il n'avait rien vu des souffrances qu'elle infligeait à ses enfants, trop occupé qu'il était à les tenir à distance. Oliver et Amanda lui avaient pourtant dit maintes fois qu'ils détestaient leur nurse, mais il ne les avait pas entendus.

— Oh, Papa ! s'exclama Amanda.

Cela faisait des années qu'elle ne l'avait appelé ainsi.

Oliver se précipita sur lui et le serra fort entre ses petits bras, le visage enfoui dans les pans de sa chemise pour que son père ne le voie pas pleurer.

— Chuuuut ! Tout va bien. Je suis là. Je suis désolé. Je suis tellement désolé.

— Ce n'est pas de votre faute, Père, le consola Amanda.

— Nous engagerons une nouvelle nurse, je vous le promets.

— Comme Nurse Millsby ? demanda Oliver.

— Oui, quelqu'un comme elle.

— Est-ce que Mademoiselle… euh, Mère, pourra nous

aider à la choisir ?

— Bien sûr, Oliver. J'imagine que votre mère voudra avoir son mot à dire dans cette affaire…

Les jumeaux se mirent à glousser.

— Je vois que vous la connaissez fort bien, mes enfants.

— C'est que… Mère est très bavarde, risqua Oliver.

— Mais elle est très intelligente ! s'empressa d'ajouter Amanda.

— Comment pourrais-je vous donner tort ? murmura Phillip.

— Je l'aime bien, déclara Oliver sur un ton solennel.

— Moi aussi ! ajouta Amanda.

— Je suis ravi de l'entendre, car je crois bien qu'elle va rester parmi nous encore longtemps. Je vous aime, mes chers enfants, leur dit-il soudain d'une voix tout empreinte d'émotion. J'espère que vous le savez.

Oliver et Amanda acquiescèrent.

— Je vous aimerai toujours, murmura-t-il. Ne l'oubliez jamais, ajouta-t-il en embrassant ses deux têtes blondes.

... quoi qu'il en soit, Daphné, je ne crois pas que tu aurais dû t'enfuir ainsi.

(Lettre d'Eloise Bridgerton à sa sœur Daphné, la Duchesse de Hastings, qui venait de se séparer de son mari quelques semaines après son mariage.)

La route qui menait à My Cottage, le manoir de Benedict, était fort accidentée, ce qui ne contribuait guère à apaiser l'humeur d'Eloise. Mieux encore, lorsque le majordome lui ouvrit la porte, il resta un instant sur le seuil, interloqué, comme s'il avait affaire à une folle.

— Graves ? Quelque chose ne va pas ?

— Êtes-vous attendue, Madame ?

— Eh bien, non, voyez-vous. Mais je ne pense pas que...

Graves reprit ses esprits et s'effaça enfin pour laisser entrer Eloise.

— Maître Charles est très malade, Madame, lui apprit-il.

Il s'agissait du fils aîné de Benedict et de Sophie, âgé de cinq ans et demi.

Mon Dieu ! pensa-t-elle, peut-être Charles était-il mourant... Ses problèmes conjugaux lui semblaient bien dérisoires à présent. Quelle idiote elle faisait !

— Graves, que se passe-t-il ? Charles… Est-il ?…

— Permettez-moi d'aller chercher Madame Bridgerton.

— Graves, attendez !

Peine perdue. Graves avait déjà tourné les talons et montait l'escalier en toute hâte.

— Eloise ! s'écria Benedict en voyant sa sœur qui attendait dans le hall.

Benedict avait l'air hagard, les yeux rougis et le teint livide. Il n'avait pas dormi depuis des jours.

— Eloise… Mais que fais-tu ici ?

— Je suis venue vous rendre une visite de courtoisie. Si j'avais su… Que se passe-t-il ? Comment va Charles ? Il avait pourtant l'air en pleine forme la semaine dernière.

— Charles a une fièvre de cheval depuis samedi et je ne sais plus que faire.

— Que dit le médecin ?

— Rien.

— Puis-je le voir ?

Benedict acquiesça en fermant les yeux.

— Repose-toi un peu, Benedict.

— Je ne peux pas.

— Il le faut pourtant. Dans un état pareil, je ne vois pas très bien ce que tu pourrais faire, et je parie que Sophie ne va guère mieux.

— Je l'ai enjointe de prendre quelque repos, il y a une heure. Elle était pâle comme la mort.

— Va te coucher toi aussi, ordonna-t-elle. *Maintenant !* Je prends la relève.

Benedict ne répondit pas. Il dormait debout.

Eloise demanda à Graves de conduire Benedict dans ses appartements pour qu'il s'accorde enfin un peu de repos. Lorsqu'elle entra dans la chambre de Charles et vit son neveu allongé sur son grand lit, Eloise laissa presque échapper un cri de stupeur : le pauvre enfant avait l'air si frêle ! Il avait le visage empourpré et le regard vitreux. Il délirait en battant l'air de ses bras, marmonnait des histoires incohérentes au sujet de poneys, de maisons dans les arbres et de pâte d'amande.

Eloise lui épongea le front, puis elle aida les domestiques à changer ses draps. Trop préoccupée par le sort de son neveu, elle ne remarqua pas la tombée du crépuscule et continua à lui lire ses histoires préférées et à lui raconter des anecdotes sur l'enfance de son père. Ce n'est que lorsque Sophie émergea de son sommeil et s'enquit de la santé de Phillip qu'Eloise comprit qu'il fallait qu'elle envoie un mot à son époux pour le rassurer. Elle griffonna une courte note, dépêcha un messager à Romney Hall et reprit sa place au chevet du jeune Charles. Phillip comprendrait la situation.

Huit heures venaient de sonner et Phillip se demandait si sa femme l'avait quitté ou si elle avait péri dans un accident de voiture. Une telle alternative n'avait rien de très réjouissant. En dépit de leur récente querelle, Eloise n'avait pas l'air si malheureuse avec lui, et elle n'aurait tout de même pas plié bagage sans explication. Non, jamais Eloise n'aurait fait preuve d'une lâcheté semblable, et si telle avait été son intention, elle n'aurait pas hésité à lui en faire part, et sans mâcher ses mots qui plus est. Elle était donc morte ! Mon Dieu ! Phillip imaginait déjà son cadavre disloqué au fond de quelque obscur fossé. Il avait plu toute la soirée et les routes de la région étaient fort mauvaises...

Cependant, alors que Phillip remontait l'allée qui menait au manoir de Benedict, il lui semblait de plus en plus évident qu'elle l'avait quitté. Il n'y avait qu'une seule route qui permît de rallier My Cottage – quel nom absurde ! – en partant de Romney Hall, et il n'avait vu la moindre trace d'accident en chemin. Phillip sentait la colère monter en lui.

— Du calme, murmura-t-il en descendant de son cheval. Du calme.

Sans doute y avait-il une explication logique à tout cela. Eloise avait-elle choisi d'attendre le lendemain pour rentrer, plutôt que d'entreprendre un tel périple sous une pluie battante ?

Phillip saisit le heurtoir de la porte et le laissa retomber lourdement.

Peut-être l'une des roues de la voiture s'était-elle brisée ?

Pas de réponse.

Il cogna à nouveau.

Non, ce n'était pas ça. Benedict aurait très bien pu la renvoyer à Romney Hall dans sa propre voiture.

Peut-être… Phillip cherchait en vain une justification plausible à son absence prolongée. Mais, alors qu'il s'apprêtait à frapper à nouveau, la porte s'ouvrit enfin et Phillip se retrouva nez à nez avec Graves.

— Je veux voir ma femme ! rugit Phillip.

— Pardon, Monsieur ? s'exclama Graves en le voyant debout sur le perron.

Phillip ne broncha pas malgré la pluie battante : il était trempé jusqu'aux os. Si seulement cette satanée maison avait un portique ! Comment l'architecte qui l'avait construite avait-il pu omettre pareil détail ? En Angleterre, qui plus est !

— Ma femme ! Eloise !

— Elle est ici, Monsieur. Entrez, je vous prie.

Phillip franchit le seuil de l'opulente demeure et réitéra sa requête sur un ton menaçant.

— Je veux voir ma femme, vous dis-je. Maintenant !

— Vous n'avez donc pas reçu la note que vous a envoyée Lady Crane ?

— Non, je n'ai rien reçu du tout.

— Vous avez dû croiser notre messager. Vous feriez mieux d'entrer, Monsieur.

— Je suis déjà à l'intérieur, répondit-il sèchement.

— Je crois que vous allez devoir séjourner ici plus longtemps que prévu. Laissez-moi vous débarrasser de votre manteau. Mettez-vous à l'aise, je vous en prie, Monsieur.

— Que se passe-t-il donc ?

— Si Monsieur veut bien se donner la peine de me suivre, répondit le majordome d'un air triste en se dirigeant vers les escaliers.

Eloise n'avait presque jamais manqué l'office du dimanche, même si, à dire vrai, elle assistait à la messe par habitude. Elle était souvent distraite pendant les sermons et chantait les psaumes bien plus par goût pour la musique que pour l'élévation spirituelle qu'ils étaient censés procurer aux fidèles. De toute façon, elle chantait si faux qu'elle n'aurait osé s'y risquer ailleurs que dans une église. Mais à présent qu'elle se trouvait au chevet de son neveu, elle n'hésitait pas à implorer la grâce du Seigneur.

Charles était dans un état stationnaire. Le médecin qui l'avait examiné pour la seconde fois avait conclu que son sort dépendait de la volonté divine, ce qui avait rendu Eloise folle de rage. Elle ne supportait pas d'entendre les médecins s'en remettre à Dieu lorsqu'ils se trouvaient confrontés à des maux qui dépassaient leurs compétences.

Lorsqu'elle n'épongeait pas le front de Charles avec un linge humide entre deux prières pleines de ferveur, Eloise tentait de lui faire avaler un brouet tiède pour l'aider à reprendre des forces.

Tout à coup, quelqu'un frappa à la porte. Phillip apparut, dégoulinant de pluie, les cheveux collés au front : un épouvantail n'aurait pas eu plus piètre allure. Sans hésiter un instant, Eloise se leva et se précipita dans ses bras.

— Oh, Phillip, dit-elle avant d'éclater en sanglots.

Eloise s'était montrée si forte aujourd'hui. Elle avait soutenu son frère et sa belle-sœur sans ciller, mais, maintenant qu'elle se trouvait blottie au creux des bras de Phillip, elle pouvait enfin se laisser aller.

— Eloise ! Je vous croyais à l'agonie !

— Quoi ?

— Le majordome... Il ne m'a rien expliqué... Peu importe. Comment va Charles ?

— Mal.

Phillip salua Benedict et Sophie qui venaient de se lever pour l'accueillir. Ils n'avaient l'air guère mieux portants que leur fils.

— Depuis combien de temps est-il souffrant ? questionna Phillip.

— Deux jours déjà, répondit Benedict.

— Deux jours et demi, rectifia Sophie. Cela dure depuis samedi matin.

— Il faut vous sécher, Phillip, et je vais devoir faire de même, dit Eloise en regardant sa robe toute trempée. Vous allez attraper une pneumonie.

— Tout ira bien, Eloise, ne vous inquiétez pas. Qu'avez-vous tenté pour soigner cet enfant ?

— Vous auriez donc quelque connaissance médicale ? demanda Sophie au désespoir.

— Le médecin l'a saigné, mais cela n'a servi à rien, répondit Benedict.

— Rien ne semble améliorer son état, murmura Sophie avant de s'effondrer en sanglots au pied du lit.

— Oh, Sophie, ma tendre épouse, s'exclama Benedict. Il s'agenouilla à ses côtés et la prit dans ses bras. Il pleurait, lui aussi. Phillip et Eloise détournèrent pudiquement les yeux et poursuivirent leur conversation pour laisser en paix les deux époux malheureux.

— Lui a-t-on donné une infusion d'écorce de saule pleureur, Eloise ?

— Je ne crois pas, Phillip, mais pourquoi me posez-vous une telle question ?

— Autrefois, on administrait cette décoction aux malades pour estomper la douleur, avant que le laudanum ne connaisse une telle vogue. L'un de mes professeurs à Cambridge prétendait que cette infusion contribuait aussi à faire baisser la fièvre.

— En aviez-vous donné à Marina ?

— J'ai essayé, mais elle refusait d'avaler quoi que ce soit. Elle était bien plus malade que Charles, vous savez.

Eloise posa la main sur l'épaule de son frère sans plus se soucier d'interrompre le moment d'intimité qu'il partageait avec son épouse.

— Benedict, as-tu de l'écorce de saule pleureur ? Pour une infusion...

— Je ne sais pas, Eloise.

— Madame Crabtree en aurait sans doute, mais elle est partie avec son mari rendre visite à leur fille, ajouta Sophie. Ils ne seront pas de retour avant plusieurs jours.

Sophie faisait allusion au vieux couple qui s'occupait de My Cottage avant que Benedict ne l'épouse et décide d'y établir sa résidence principale.

— Avez-vous la clé de leur demeure ? Je saurai reconnaître cette préparation si jamais cette dame en possède sur ses étagères. Il ne s'agit pas d'une infusion proprement dite, mais de morceaux d'écorce que nous plongerons dans de l'eau bouillante, expliqua Phillip.

— Vous comptez vraiment soigner mon fils avec *l'écorce d'un arbre*, Sir Phillip ? s'exclama Sophie, perplexe.

— Cela ne pourra pas lui faire de mal, commenta Benedict. Suivez-moi, Crane. Je vous y conduis.

Benedict s'arrêta un instant sur le seuil de la chambre, puis il se tourna vers Phillip pour lui demander :

— Crane, savez-vous ce que vous faites ?

— Je l'espère.

— Fort bien. Allons-y dans ce cas !

Le lendemain matin, la fièvre de Charles était tombée. Était-ce l'écorce de saule pleureur, les prières d'Eloise ou bien la volonté divine, nul n'aurait su le dire. Sur le coup de midi, il devint clair que la présence des jeunes mariés était devenue superflue : l'état du garçonnet s'améliorait d'heure en heure. Ils prirent donc une voiture et retournèrent à Romney Hall où ils furent ravis de s'effondrer dans leur grand lit douillet.

Chose étonnante, ils passèrent les dix premières minutes du voyage en silence. Eloise était en effet trop éreintée pour deviser et elle se contenta de regarder défiler la campagne humide derrière la vitre de la voiture. La pluie avait cessé en même temps que la fièvre de Charles était retombée, ce qui aurait pu laisser croire au miracle, mais Eloise restait persuadée qu'il s'agissait des effets bénéfiques de la potion administrée. Elle ne savait pas pourquoi, et elle ne pourrait jamais le prouver, mais elle était certaine que Phillip avait sauvé la vie de son neveu.

— Merci, mon cher Phillip.

— Mais de quoi, Eloise?

— Pour Charles.

— Nous ne saurons jamais si l'écorce y était pour quelque chose...

— J'en suis *sûre*.

— Comme toujours, Eloise, répondit-il en esquissant un sourire.

Était-ce donc cela qu'elle avait attendu toute sa vie? Non pas la passion ni les soupirs, mais ce bien-être qu'elle ressentait chaque fois qu'elle se trouvait aux côtés de son époux, et puis cette impression d'avoir enfin trouvé sa place dans le monde.

— C'était si terrible. Je crois bien n'avoir jamais eu aussi peur de toute ma vie. Songez un peu à ce qu'ont enduré Benedict et Sophie. Si par malheur c'était arrivé à l'un de nos enfants...

— Je sais... Je tenais aussi à vous dire que vous aviez raison quant à leur nurse. Ce monstre les frappait avec un livre.

— Quoi?

— Je l'ai prise sur le fait. Nurse Edwards venait à peine de punir Oliver qu'elle s'acharnait déjà sur la pauvre Amanda.

— Oh, non! Jamais je n'aurais pu croire que... Il est vrai que je n'aimais guère cette femme, et qu'elle leur donnait des coups de baguette sur les doigts, mais ça! J'aurais dû m'en apercevoir plus tôt.

Eloise avait les larmes aux yeux.

— Cela fait à peine deux semaines que vous résidez à Romney Hall, alors que je vis sous le même toit que cette mégère diabolique depuis des mois! Comment auriez-vous pu vous en rendre compte?

— Je présume que vous l'avez renvoyée, Phillip?

— Sur le champ. J'ai dit aux enfants que vous nous aideriez à lui trouver une remplaçante.

— Cela va de soi.

— Et je... je...

— Qu'y a-t-il, Phillip?

— Je vais m'efforcer de mieux m'occuper d'Oliver et d'Amanda. Cela fait trop longtemps que je repousse mes chers enfants. C'est que, voyez-vous, je crains tant de ressembler à mon propre père.

— Phillip, murmura-t-elle d'une voix apaisante, jamais vous ne serez comme lui.

— Certes, mais j'ai bien failli fouetter mes enfants, jadis. J'étais dans une telle colère que je me suis rendu aux écuries pour m'emparer d'une cravache. Vous rendez-vous compte?

— Mais vous n'en avez rien fait.

— J'en avais toutefois l'intention, Eloise. Je suis loin d'être fluet, voyez-vous, et je pourrais aisément blesser quelqu'un.

— Jamais vous ne feriez pareille chose.

Phillip garda le silence un instant.

— Dites-moi, Phillip, pourquoi étiez-vous fou de rage ce jour-là?

Il la regarda tout d'abord comme s'il ne comprenait pas le sens de cette question, avant de poursuivre:

— Les jumeaux avaient mis de la colle dans les cheveux de leur gouvernante.

— Je sais. Je suis sûre qu'à votre place j'aurais voulu étrangler ces deux chenapans. Mais ce n'est pas ce que je vous ai demandé. Étiez-vous en colère à cause de la colle ou bien étiez-vous furieux contre vous-même pour n'avoir pas su les discipliner?

Phillip ne dit rien. C'était inutile. Ils connaissaient l'un et l'autre la réponse à cette question. Eloise lui prit la main et la caressa tendrement.

— Vous ne ressemblez en rien à votre père, Phillip.

Eloise lui accordait toute sa confiance. Il était si bon d'entendre des paroles aussi réconfortantes alors que le doute n'avait cessé de le ronger toutes ces années durant.

— Eloise, j'ai bien cru que vous m'aviez abandonné.

— Hier soir? Pourquoi diable avez-vous pensé cela?

— Peut-être était-ce parce que vous n'étiez pas revenue.

— Ce qui m'avait retenue chez mon frère me semble pourtant assez clair, et sachez par ailleurs que je ne vous quitterai jamais. Comment avez-vous pu en douter?

— Je ne sais pas.

— J'ai formé un vœu le jour de notre mariage et je vous assure que je ne prends pas ces choses à la légère. N'oubliez pas que j'ai promis à Oliver et à Amanda de devenir leur mère, et jamais je ne leur tournerai le dos.

— Non, non, non, bien sûr. Quel idiot je fais.

Comment avait-il pu penser cela? Il venait à peine de rencontrer Eloise, mais il avait l'impression de l'avoir toujours connue, même s'il ne la *comprendrait* jamais, car c'était malgré tout une femme. Au fond de lui-même, il avait toujours su qu'elle ne s'était pas enfuie, mais cette idée était sans doute préférable à l'image de son cadavre gisant au fond d'un fossé.

Comment Eloise était-elle parvenue à compter autant pour lui? Comment pourrait-il assurer son bonheur? Jamais il n'aurait toléré qu'elle ne connaisse pas la félicité à ses côtés. Il était presque jaloux de l'attachement qu'elle portait à ses enfants. Il aurait voulu qu'elle lui dise qu'elle ne saurait vivre sans lui, qu'elle l'aimait… Mon Dieu ! Mais depuis quand attendait-il tant d'un simple mariage ?

Or, Phillip avait trouvé tout ce dont il n'aurait pas même osé rêver quelques semaines plus tôt : une épouse et une mère aimante, mais aussi une amante pleine de fougue dont le parfum sensuel l'enivrait chaque nuit lorsqu'il la rejoignait sur sa couche.

Eloise l'avait touché en plein cœur.

Il était un autre homme à présent.

Oui, il l'aimait de toute son âme.

Phillip était à l'aube d'un jour nouveau : c'était à la fois grisant et terrifiant. Il redoutait l'échec. Pas maintenant, alors même qu'il venait de trouver tout ce qu'il avait toujours désiré sans le savoir. Jamais il ne s'était senti aussi serein.

Phillip jeta un coup d'œil par la fenêtre de la voiture qui s'approchait de Romney Hall. Tout semblait gris – les cieux, la pierre de la maison, les fenêtres dans lesquelles se reflétaient les nuages. Même l'herbe semblait un peu moins verte à la lueur de l'aube, et ce paysage romantique s'accordait à merveille à son humeur contemplative.

Un valet de pied parut. Il aida Eloise à descendre. Phillip la rejoignit d'un bond.

— Je suis exténuée, Phillip, et vous avez l'air à bout de forces. Que diriez-vous d'une petite sieste ?

Phillip s'apprêtait à acquiescer lorsqu'il se reprit soudain.

— Montez sans moi.

Eloise le regarda, interloquée.

— Je vous rejoins dans quelques instants, ma chère. Mais, pour l'heure, j'aimerais embrasser mes enfants.

... je ne vous dis pas assez souvent, ma chère Mère, à quel point je suis heureuse d'être votre fille. Rares sont les parents qui accordent une telle liberté à leurs enfants et qui se montrent aussi compréhensifs envers eux. Plus rares encore sont ceux qui se comportent avec leur fille comme s'il s'agissait d'une tendre amie. Je vous aime, ma chère Maman.

(Lettre d'Eloise Bridgerton à sa mère, après avoir refusé pour la sixième fois une demande en mariage.)

Lorsqu'Eloise se réveilla, quelle ne fut sa surprise : Phillip n'avait pas dormi à ses côtés. Il était pourtant aussi fatigué qu'elle, si ce n'est plus, après avoir chevauché pendant une heure au moins pour rallier le manoir de Benedict. Où était-il donc passé ? Eloise s'habilla et se mit en quête de son époux, mais il restait introuvable. À contrecœur, Eloise dut renoncer à ses recherches – peut-être avait-il besoin d'un peu de solitude après tous ces rebondissements ?

Eloise était une femme mariée à présent et elle comprenait enfin ce qu'avait voulu lui dire sa mère : dans un mariage, tout n'était que compromis. Phillip et elle étaient à l'évidence faits l'un pour l'autre, mais cela ne signifiait pas qu'ils fussent semblables en tout point. Si

Eloise voulait réformer certaines de ses habitudes, il faudrait qu'à son tour elle accepte de lui accorder quelques concessions. Elle le laissa donc en paix pour le restant de la journée, c'est seule qu'elle prit son thé dans l'après-midi, embrassa les jumeaux le soir au moment du coucher, et c'est toujours sans lui qu'elle dîna le soir dans la salle à manger alors même qu'elle se sentait bien petite, assise à cette immense table en acajou. Eloise mangea peu car elle ne tenait pas à prolonger ce repas plus que nécessaire, et finit par se lever pour rejoindre sa chambre où elle s'apprêtait à passer la nuit, à n'en pas douter toujours aussi seule.

Une fois dans le corridor, Eloise se sentit prise d'une agitation soudaine et se mit à déambuler dans les couloirs de la maison sans but précis, guidée par la lumière poudrée du clair de lune. Soudain, alors qu'elle approchait de la galerie des portraits, elle aperçut la lueur d'une lanterne. Quelqu'un se trouvait dans la pièce. Ce ne pouvait être que Phillip. Elle avança à pas de loup et l'observa à travers l'embrasure de la porte.

Mais ce qu'elle vit alors faillit bien lui briser le cœur.

Phillip se tenait devant le portrait de Marina. Il semblait désespéré.

Lui avait-il menti lorsqu'il lui avait dit ne jamais avoir rien ressenti pour Marina?

Mais cela importait-il tant? Après tout, Marina était morte et enterrée, et quand bien même elle serait encore vivante, Phillip ne l'aimait pas plus qu'il n'aimait Eloise. Quant à elle, elle ne l'aimait pas non plus... Ou peut-être que si, après tout, songea-t-elle soudain. Eloise ne savait pas quand était survenu ce changement, mais il était certain qu'elle ressentait plus que du respect ou qu'une douce affection pour Phillip.

Oh, comme elle aurait voulu que la réciproque fût vraie ! Phillip avait certes besoin d'elle, mais elle voulait qu'il l'aime comme elle l'aimait à présent.

Eloise chérissait son sourire. On aurait dit celui d'un enfant qui s'émerveille en découvrant la beauté du monde.

Elle appréciait la manière dont il la contemplait, comme si elle était la plus belle femme du monde, même si elle savait pertinemment que ce n'était pas le cas.

Elle adorait qu'il l'écoute sans se laisser intimider, et qu'il lui dise même parfois qu'elle se montrait trop bavarde. Car il avait raison.

Elle révérait l'amour qu'il portait à ses enfants.

Son sens de l'honneur, son honnêteté et son humour subtil.

La place qu'il occupait désormais dans sa vie et le rôle qu'elle tenait à présent dans la sienne.

Elle lui appartenait.

Mais que faisait-il là à contempler le portrait de sa défunte épouse ? Si jamais il l'aimait encore... Oh, mon Dieu !... Comment osait-elle éprouver la moindre jalousie vis-à-vis de Marina ? La pauvre était morte si jeune, et Phillip lui avait pourtant assuré la veille qu'il n'avait *connu* aucune femme depuis huit ans.

Huit ans !

Or Marina était morte quinze mois plus tôt.

Eloise comprenait enfin. Phillip n'avait jamais trahi Marina alors même qu'elle l'avait banni de sa chambre peu de temps après la naissance des jumeaux. Eloise n'en attendait pas moins de lui et ne l'aimait que plus encore, mais cela n'expliquait toujours pas pourquoi il se trouvait là à une heure aussi tardive.

Eloise s'avança d'un pas et s'éclaircit la voix.

Phillip se retourna aussitôt, ne dit rien, mais lui tendit la main. Elle s'approcha et la prit dans la sienne sans trop savoir si elle devait rompre le silence. Ils restèrent ainsi quelques instants immobiles, debout devant le portrait de Marina, jusqu'à ce qu'Eloise se risque enfin à l'interroger.

— Vous l'aimiez ?

— Non.

— Vous manque-t-elle ?

— Non.

— La haïssiez-vous dans ce cas ?

— Non. Marina était toujours triste, et son chagrin n'a fait qu'empirer après la naissance des jumeaux. Je ne comprends pas ce qui s'est passé. La sage-femme m'avait dit qu'il était normal qu'une femme pleure ainsi après l'accouchement et que cela ne durerait que quelques semaines.

— Marina ne retrouva-t-elle donc jamais la joie de vivre ?

— Non. C'est comme si elle s'évanouissait peu à peu dans le néant. Elle quittait rarement son lit... Ne souriait jamais... Pleurait sans cesse. J'ai tout essayé pour la rendre heureuse, mais ce n'était jamais assez.

Eloise voulut le réconforter, mais il ne lui laissa pas le temps d'ouvrir la bouche.

— Comprenez-vous, Eloise ? Pas assez !

— Phillip, mais vous n'y êtes pour rien.

— J'ai fini par lâcher prise. J'ai cessé de lui venir en aide. J'avais l'impression de me heurter à un mur chaque fois que je m'efforçais d'adoucir son malheur. Je tentais simplement de protéger mes enfants et de les tenir éloignés lorsqu'elle était d'humeur maussade. Ils aimaient tant leur mère.

— Mais *vous*, Phillip, vous étiez là.

— Oui, et quel bénéfice en ont-ils tiré? Quel malheur que d'avoir une mère inapte, mais que dire lorsque votre père n'est pas à la hauteur non plus? Pauvres enfants!

— Allons, Phillip, vous êtes loin d'être un mauvais père.

— Avez-vous idée de ce que je ressens, Eloise?

Eloise secoua la tête.

— J'ai accompli tant d'efforts, en vain!

— Il n'y avait peut-être rien d'autre à faire. Certaines personnes souffrent de mélancolie, Phillip, c'est ainsi.

D'un regard plein d'ironie, ce dernier signifia à Eloise qu'il n'accordait aucun crédit à son opinion, ce qui ne manqua pas de provoquer une vive réaction de sa part.

— N'oubliez pas, mon cher, que j'ai connu Marina bien avant vous. Enfant, je ne l'ai jamais entendue rire. Pas une seule fois. Ne trouvez-vous pas cela fort étrange? A-t-on jamais entendu parler d'un enfant qui ne rirait jamais?

— Elle souriait parfois lorsque les enfants venaient lui rendre visite, mais, vous avez raison, elle ne riait jamais.

— Phillip, je suis différente. Je ne suis pas Marina.

— Je sais. Croyez-moi, je le sais. C'est pourquoi je vous ai épousée. Je souhaitais rencontrer quelqu'un qui ne soit pas mélancolique, qui serait là pour mes enfants, qui ne...

— Quoi donc, Phillip?

— Marina a succombé à une pneumonie, vous le savez, n'est-ce pas?

— Oui.

— C'est que nous avons dit à tout le monde... C'était, d'ailleurs, la stricte vérité. Mais nous n'avons jamais expliqué à quiconque comment elle avait contracté la maladie.

— Le lac, souffla Eloise.

— Marina n'est pas tombée dedans par accident. Je l'ai sauvée de la noyade *in extremis*, mais elle est morte trois jours plus tard. Pas même ma fameuse écorce de saule pleureur n'a pu la sauver.

— Je suis vraiment navrée.

— Vous ne comprenez pas, Eloise. Comment le pourriez-vous ?

— C'est que, voyez-vous, je n'ai jamais connu personne qui ait abrité en son sein des pensées suicidaires.

— Ce n'est pas ce que je veux dire. Vous ne savez pas ce que c'est que de se sentir pris au piège, impuissant, et d'échouer malgré tout faute d'avoir obtenu le moindre progrès. Marina vivait cloîtrée dans sa chambre, rideaux tirés, avec pour seul éclairage la lueur d'une chandelle. Et dire qu'elle avait choisi la seule journée de la saison où le soleil brillait enfin pour mettre fin à ses jours !

— Phillip...

Eloise posa la main sur son bras, mais il la repoussa.

— Comme si cela ne suffisait pas, elle n'a pas même réussi à se noyer pour de bon, mais sans doute est-ce de ma faute. Il a alors fallu veiller à son chevet trois jours et trois nuits durant et la regarder sombrer dans les ténèbres sans lutter, avec ce même regard vide.

— Personne ne devrait avoir à subir une telle épreuve.

Phillip regarda fixement Eloise comme s'il cherchait dans ses yeux une réponse qu'elle n'était pas sûre de pouvoir lui donner. Puis il se détourna brusquement pour aller jusqu'à la fenêtre. Il resta silencieux pendant un long moment à contempler le ciel nocturne, puis il reprit soudain la parole.

— Hier, vous avez mentionné un problème...

— Non, Phillip, je ne voulais pas dire...

— Vous l'avez pourtant dit, Eloise, poursuivit-il avec

force, mais tant que vous n'aurez pas connu les affres d'une union sans amour, que vous n'aurez pas dormi seule chaque nuit, que vous n'aurez pas désespéré de sentir la chaleur d'un autre être à vos côtés... Ne vous plaignez *jamais* de notre mariage. Car sachez que pour moi, c'est... c'est une idylle sans pareille.

— Oh, Phillip.

Eloise s'avança alors vers lui et le prit dans ses bras.

— Je suis tellement désolée.

— Je ne veux pas échouer à nouveau, Eloise, car je ne le supporterai pas.

— Vous réussirez. Nous y parviendrons *ensemble*.

— Mais il faut que vous soyez heureuse.

— Je le *suis*, Phillip. Je vous l'assure, et je suis fière d'être votre femme.

Sa lèvre inférieure se mit à trembler. Eloise retint son souffle. Elle n'avait jamais vu un homme pleurer, n'avait jamais cru que cela fût possible... Une larme roula sur la joue de Phillip et vint se lover au coin de sa bouche. Eloise la sécha d'une caresse pleine de tendresse.

— Je vous aime, déclara-t-il d'une voix étranglée. Peu m'importe que vous ne partagiez pas ce sentiment, je vous aime et je... je...

— Oh, Phillip. Moi aussi, je vous aime.

Phillip l'attira contre son torse et la serra à en perdre le souffle. Il enfouit son visage au creux de son épaule, et murmura son nom encore et toujours. Puis, aux mots succédèrent les baisers jusqu'à ce qu'il trouve enfin sa bouche. Ils restèrent ainsi enlacés de longues minutes comme si cette nuit-là devait marquer la fin du monde. Alors, Phillip la souleva de terre et la porta jusqu'à son lit sans jamais détacher ses lèvres des siennes.

— J'ai besoin de toi, dit-il d'une voix enrouée tout en

déboutonnant sa robe d'une main tremblante. Je t'aime, Eloise. Je ne puis me passer de toi. Tu es mon eau, mon air, ma raison de vivre...

Eloise pouvait à peine respirer, et encore moins parler. Il sentit les larmes ruisseler sur son visage.

— Ne pleure pas, mon amour.

— Ce sont des larmes de joie. J'avais tellement espéré, sans jamais croire que... que cela m'arriverait un jour.

— Moi non plus, Eloise... Je crois que je t'ai attendue toute ma vie.

— Je *sais* que c'est toi que j'attendais. C'est toi que...

Phillip ne lui laissa pas le temps de finir sa phrase et colla ses lèvres aux siennes dans un baiser ardent. Tel un arbre de gestes suspendu entre ciel et terre, leurs corps enlacés ne feraient bientôt plus qu'un. Les mots n'auraient plus aucune importance et ils oublieraient jusqu'à l'usage de la parole.

Il l'aimait.

C'est tout ce qui comptait.

... je m'amuse sans fin ces jours-ci. Je cours les magasins, déjeune chez des amies, lesquelles me rendent visite à leur tour. Le soir, j'ai le choix entre les concerts et les bals mondains, mais il m'arrive aussi de passer des soirées plus intimes : je reste seule chez moi et je lis alors un bon livre. J'ai une vie bien remplie et je ne puis me plaindre car, pour tout dire, je suis une jeune femme comblée.

(Lettre d'Eloise Bridgerton à Sir Phillip Crane, six mois après leur premier contact épistolaire.)

Eloise se souviendrait toujours de cette semaine-là comme l'un des moments les plus enchanteurs de sa vie. Elle n'avait pourtant point vécu d'événements insolites, ni reçu de cadeaux somptueux, et personne ne lui avait rendu de visite impromptue. Rien ne semblait sortir de l'ordinaire, et pourtant tout avait changé.

Il ne s'agissait pas d'un bouleversement brutal, bien au contraire. Tout avait commencé quelques jours plus tôt, juste après qu'elle avait rencontré Phillip dans la galerie des portraits. Elle s'était réveillée et l'avait trouvé tout habillé, agenouillé au pied de leur lit nuptial. Il la contemplait avec un sourire plein de tendresse.

— Phillip ? Que faites-vous ici ? s'était-elle exclamée en ouvrant les yeux.

— Je vous regarde, Eloise.

— Je ne comprends pas ce qu'il y a de si intéressant à voir.

— Bien au contraire. Je ne connais personne d'autre qui puisse retenir aussi longtemps mon attention.

Émue par ce compliment, Eloise se mit à rougir.

— Quel idiot vous faites...

Eloise mourait d'envie de le prendre dans ses bras et de le faire basculer dans son lit. Elle savait qu'il ne résisterait pas — il ne résistait jamais —, mais elle se retint malgré tout, car Phillip venait tout juste de s'habiller. Il avait sans doute quelque affaire urgente à régler.

— Je vous ai apporté une petite douceur, dit-il en lui tendant une assiette.

— Comme c'est aimable à vous, Phillip. Merci.

— J'ai pensé que nous pourrions partir en excursion aujourd'hui.

— Vous et moi ?

— À dire vrai, j'avais pensé emmener les enfants avec nous.

Eloise resta interloquée. Phillip ne s'était jamais autant préoccupé du sort de ses enfants !

— Je trouve que c'est une excellente idée, Phillip.

— Bien. Je vous laisse vous préparer, ma tendre amie, et je vais en informer de ce pas cette pauvre femme de chambre qui leur sert de nurse.

— Je ne doute pas que ce sera pour elle un immense soulagement que de bénéficier d'une journée de tranquillité.

Mary n'avait jamais souhaité occuper ce poste, même de façon temporaire. Aucun des domestiques ne s'était d'ailleurs proposé : ils connaissaient trop bien les jumeaux. Pour sa part, Mary se souvenait d'avoir dû brûler les draps de leur précédente gouvernante qui, faut-il le rappeler, avait perdu une bonne partie de sa chevelure ce jour-là. Eloise avait pourtant réussi à la convaincre d'accepter cette fonction. Elle avait également fait promettre à Oliver et Amanda qu'ils traiteraient leur nouvelle nurse avec tout le respect que l'on doit à une reine, rien de moins. Jusqu'à présent, les deux garnements s'étaient montrés très coopératifs. Eloise espérait donc que Mary changerait d'avis. Après tout, ses gages n'étaient-ils pas plus conséquents que ceux d'une simple femme de chambre ?

— Phillip, quelque chose ne va pas ?

Phillip se tenait immobile sur le seuil de la porte, le front plissé et l'air soucieux.

— Je ne sais que faire.

— Tournez donc le loquet et, vous verrez, la porte s'ouvrira sans peine, lui lança-t-elle en plaisantant.

Mais Phillip était bien trop préoccupé pour rire avec elle.

— Il n'y a ni foires, ni festivités au village ces temps-ci. Comment allons-nous les distraire ?

— Ne vous inquiétez pas, Phillip. Cela n'a pas d'importance. Vos enfants n'attendent qu'une chose : que vous leur consacriez un peu de temps.

Deux heures plus tard, Phillip et Oliver attendaient devant la porte de la boutique de Monsieur Larkin, tailleur de son état, lequel officiait au village de Tetbury. Ils commençaient à s'impatienter car Eloise et Amanda tardaient à conclure leurs achats.

— Fallait-il vraiment que nous fassions *les magasins*? grogna Oliver comme si on venait de lui demander de porter une robe et des couettes.

— Tel était le souhait de votre mère, répondit Phillip en haussant les épaules.

— Si j'avais su ce qu'être un bon fils impliquait...

Phillip s'efforça de ne pas éclater de rire.

— Les hommes doivent apprendre à faire des sacrifices pour les femmes qu'ils aiment. Ainsi va le monde, mon fils, je le crains.

Oliver poussa un long soupir et joua les martyrs.

Phillip jeta un coup d'œil dans la vitrine pour voir où en étaient Eloise et Amanda, mais elles ne semblaient guère pressées de terminer leurs essayages.

— Mais je suis entièrement d'accord avec vous pour ce qui est des courses, mon fils. Nous déciderons de la prochaine étape de cette petite excursion familiale.

C'est à ce moment-là qu'Eloise passa la tête par la porte.

— Oliver, aimeriez-vous vous joindre à nous?

— Non, répondit-il avec emphase.

Eloise pinça les lèvres.

— Oliver, permettez-moi de reformuler ma question: voulez-vous bien venir ici s'il vous plaît?

Oliver lança un regard suppliant à son père.

— Mon fils, j'ai bien peur que vous n'ayez guère le choix.

— Tant de sacrifices, grommela Oliver en montant les marches du magasin.

Phillip feignit une quinte de toux pour masquer son fou rire.

— Vous ne venez donc pas, Père?

Mon Dieu, par pitié, non, faillit-il répondre avant de se

reprendre au dernier moment.

— Il faut que quelqu'un surveille la voiture.

Les yeux d'Oliver s'étrécirent.

— Pourquoi faut-il surveiller la voiture ?

— Euh… Les roues, Oliver. Tous ces paquets pèsent très lourds, vous savez, et elles pourraient finir par céder sous le poids si l'on n'y prenait garde.

Phillip n'entendit pas ce qu'Eloise marmonna alors entre ses dents, mais une chose était certaine : elle ne lui adressait pas un compliment.

— Entrez donc, Oliver. Votre mère a besoin de vous.

— Mais de vous aussi, mon cher Phillip. Il vous faut de nouvelles chemises, intervint Eloise d'une voix mielleuse.

— Le tailleur ne peut-il se déplacer jusqu'à Romney Hall ?

— Ne souhaitez-vous pas choisir votre tissu, mon cher ?

— Je vous accorde toute ma confiance sur ce point, ma chère.

— Je crois que Père a besoin de surveiller la voiture, dit alors Oliver.

— Votre père ferait bien de surveiller ses arrières si jamais il ne…

— Très bien, je viens. Mais pas plus de cinq minutes, sans quoi je risque de succomber à une crise de claustrophobie.

— Un homme grand et fort comme vous ? Sottises ! s'exclama Eloise avant de s'approcher de lui en souriant.

— Oui ? Qu'y a-t-il ?

— Amanda, chuchota-t-elle. Lorsqu'elle sortira de la cabine d'essayage, faites semblant de ne pas la reconnaître, puis complimentez-la sur sa nouvelle tenue.

— Je ne suis pas très doué pour ce genre de choses, vous savez.

— Apprenez donc! ordonna-t-elle, puis elle se tourna vers Oliver. À votre tour maintenant, Monsieur Oliver Crane. Madame Larkin...

— J'exige que ce soit Monsieur Larkin qui s'occupe de moi, comme Père, protesta Oliver.

— Vous souhaitez donc voir le tailleur? lui demanda Eloise.

— Oui!

— Fort bien, mais il n'y a pas une heure de cela vous juriez pourtant que jamais, ô grand jamais, on ne vous traînerait dans une boutique, à moins qu'il n'y ait des armes ou des soldats de plomb en vitrine.

— Vous êtes très forte, ma chère Eloise, lui murmura Phillip au creux de l'oreille.

— Il suffit de montrer à ces enfants quelle est l'option la plus raisonnable, mon cher Phillip...

On entendit soudain un hurlement indigné, et Oliver surgit en trombe de derrière un paravent pour se réfugier dans les jupes d'Eloise.

— Il m'a piqué avec une aiguille!

— Vous gigotiez, sans doute.

— Non!

— Pas même un petit peu?

— Juste un petit peu.

— Très bien. La prochaine fois, restez bien tranquille. Je vous assure que Monsieur Larkin est un tailleur très doué.

Dépité, Oliver se tourna alors vers son père pour obtenir son approbation. Phillip n'était pas mécontent que son fils le considère comme un allié, mais il n'allait certainement pas miner l'autorité d'Eloise, d'autant qu'il donnait entièrement raison à son épouse. À sa plus grande surprise, Oliver ne le supplia pas jusqu'à ce qu'il cède, ne critiqua pas Eloise ni Monsieur Larkin, et se contenta de lui demander :

— Père, vous voulez bien venir avec moi ?

Phillip s'apprêtait à lui répondre, quand il sentit soudain un léger picotement dans ses yeux. Il était submergé par l'émotion. Ce n'était pas tant la requête d'Oliver qui l'avait bouleversé que de savoir que, cette fois-ci, il se sentait à la hauteur et pouvait répondre à son fils sans hésiter. Phillip n'avait rien à voir avec son propre père. Il ne pouvait se montrer lâche et repousser sans cesse ses enfants en les confiant à d'autres que lui, tout simplement parce qu'il craignait de commettre des erreurs. Sans doute cela arriverait-il. C'était inévitable. Mais elles seraient minimes, et puis, il fallait bien avouer que la présence d'Eloise à ses côtés était des plus rassurantes.

Phillip posa la main sur l'épaule de son fils et lui dit :

— Bien sûr, Oliver. Je serais ravi de vous accompagner.

Phillip s'éclaircit la voix, se pencha vers Oliver et lui murmura à l'oreille :

— La dernière chose dont nous ayons besoin, c'est bien de nous embarrasser de la présence de femmes dans la partie réservée aux hommes, n'est-ce pas, mon cher fils ?

Oliver acquiesça vigoureusement.

Phillip se releva, mais, alors qu'il s'apprêtait à suivre son fils, il entendit Eloise qui toussotait derrière lui en indiquant du regard le fond de la boutique.

Amanda.

Elle avait l'air d'une grande personne dans sa nouvelle robe couleur lavande, et l'on devinait déjà la femme adulte qu'elle allait devenir dans quelques années.

Ses enfants lui avaient tant manqué toutes ces années durant, et dire qu'ils avaient grandi sans lui !

Phillip donna une petite tape sur l'épaule de son fils pour lui signifier qu'il ne serait pas long et traversa la pièce pour admirer sa fille. Sans dire un mot, il se courba, lui prit la main et l'embrassa.

— Vous êtes, Mademoiselle Amanda Crane, la plus belle jeune fille que j'aie jamais vue.

Rosissant de plaisir, Amanda resta muette quelques instants avant de demander :

— Mais qu'en est-il de Mademoiselle... de Mère ? N'est-elle pas la plus belle d'entre toutes ?

Phillip se tourna vers sa femme qui, elle aussi, avait les larmes aux yeux, puis il s'adressa à nouveau à Amanda.

— Nous allons conclure un marché, vous et moi. Vous avez le droit d'estimer que votre mère est la plus belle femme du monde, mais moi, j'ai le droit de penser que c'est vous, ma chère fille.

Plus tard, ce soir-là, après avoir bordé et embrassé ses enfants sur le front, Phillip entendit Amanda murmurer :

— Père ?

— Amanda ?

— C'était la plus belle journée de ma vie !

— Moi aussi ! ajouta Oliver.

— Pour moi aussi, mes enfants, pour moi aussi, répondit-il d'une voix pleine de douceur.

Tout avait commencé par un mot.

Eloise venait de finir son souper et, lorsque les domestiques débarrassèrent enfin la table, elle s'aperçut que l'on avait glissé un billet sous son assiette. Son mari l'avait priée de bien vouloir l'excuser car il fallait qu'il retrouve un ouvrage dans lequel figurait un poème qu'ils avaient évoqué au moment du dessert. Eloise attendit que les domestiques soient sortis de la pièce pour déplier le petit morceau de papier et lut :

Je n'ai jamais su manier les mots avec grâce.

Le billet était de la main de Phillip. Eloise aurait reconnu son écriture entre mille. Puis, elle vit dans un coin, en plus petits caractères :

Rendez-vous dans votre bureau.

Intriguée, elle se leva et sortit de la salle à manger. Une minute plus tard, elle se trouvait dans son bureau. Posé sur la table, elle vit un autre morceau de papier.

Mais tout a commencé par une lettre, n'est-ce pas ?

Phillip lui donnait encore d'autres instructions. Elle devait se rendre dans le salon, ce qu'elle fit, en s'efforçant de ne pas courir dans les couloirs tant elle était impatiente de connaître la suite.

Une fois dans le salon, elle découvrit un troisième billet, plié en deux, lequel trônait sur un coussin cramoisi au milieu du sofa.

Puisque tout a commencé avec des mots, c'est ainsi que notre histoire devrait se poursuivre.

Cette fois-ci, c'est dans le hall d'entrée qu'un autre message l'attendait.

Mais aucun mot ne saurait exprimer la gratitude que je
ressens à votre égard, vous qui m'avez tant donné. C'est
donc pourquoi j'emploierai les seuls mots dont je dispose.

Eloise gravit les escaliers lentement pour rejoindre sa
chambre. Son cœur battait la chamade car elle savait
qu'elle y trouverait le tout dernier billet doux. Tout avait
bien commencé par un petit mot des plus innocents qui
avait donné naissance à un amour si passionné qu'il la
submergeait tout entière.

Eloise parvint enfin sur le palier du premier étage et se
faufila sur la pointe des pieds jusqu'à sa chambre. La
porte était entrebâillée de quelques centimètres à peine.
Eloise posa une main tremblante sur le loquet et...

Quelle ne fut sa surprise !

Il y avait là, étalées sur le lit, des fleurs. Des centaines
et des centaines de fleurs, donc certaines n'étaient pas de
saison – Phillip les avait cueillies dans le jardin particulier
qu'il entretenait dans sa serre. Il avait disposé leurs
efflorescences rouges sur fond de pétales roses et blancs
pour former la déclaration suivante :

JE VOUS AIME.

Les mots ne sauraient suffire, dit Phillip d'une voix
douce derrière elle.

— Quand avez-vous fait cela ? demanda-t-elle,
submergée par l'émotion.

Des larmes de joie perlaient sur les joues d'Eloise.

— Vous m'accorderez bien quelques secrets ?

— Je... Je...

Phillip lui prit la main.

— Seriez-vous donc muette ? Vous ? Je dois être encore

bien meilleur que je ne l'imaginais.

— Je vous aime, dit-elle d'une voix étranglée. Je vous aime tant.

Phillip l'enlaça tendrement et elle posa sa joue délicate contre son torse puissant.

— Aujourd'hui, les jumeaux m'ont dit qu'ils n'avaient jamais connu plus belle journée. J'ai compris qu'ils avaient raison. Et puis, je me suis dit qu'ils avaient tort.

Eloise leva les yeux vers lui d'un air interrogateur.

— Comment choisir alors que chaque jour que je passe en votre compagnie m'apporte un bonheur sans cesse renouvelé ? Chaque semaine, chaque mois, chaque année…

Phillip mit alors toute son âme dans le baiser qu'il lui donna.

Il l'aimait tant.

— Chaque seconde passée à vos côtés, Eloise.

ÉPILOGUE

J'ai tant de choses à vous apprendre, ma petite fille. J'espère pouvoir vous montrer la voie, mais je ressens malgré tout le besoin de coucher ces quelques lignes sur papier. C'est l'une de mes fantaisies. J'espère que vous la trouverez amusante lorsque vous lirez cette lettre.

Soyez forte.

Soyez diligente.

Soyez consciencieuse. Vous n'avez rien à gagner à vouloir brûler les étapes pour choisir la facilité (mais ne cherchez pas non plus à créer des obstacles inutiles : seuls les martyrs révèrent les chemins de croix).

Aimez vos proches. Vous avez déjà un frère et une sœur et, si Dieu le veut, vous en aurez encore d'autres. Aimez-les de tout votre cœur, car vous êtes du même sang. Lorsque vous serez en proie au doute ou que vous traverserez des temps difficiles, ils seront toujours là, à vos côtés.

Riez. Riez fort. Riez souvent. Lorsque les circonstances exigent le silence, contentez-vous alors d'un sourire.

N'acceptez aucun compromis. Sachez ce que vous voulez et faites ce qu'il faut pour l'obtenir. Et si vous doutez encore, soyez patiente. Les réponses à vos questions viendront en leur temps. Vous vous apercevrez souvent que ce que vous désiriez se trouvait juste sous votre nez.

Souvenez-vous que vous avez une mère et un père qui s'aiment tendrement et vous aiment tout autant.

Je sens que vous vous impatientez déjà. Votre père pousse d'étranges soupirs et il ne manquera pas de s'énerver si je n'abandonne pas mon écritoire pour le rejoindre sur sa couche.

Bienvenue en ce monde, ma petite. Nous sommes tous ravis de faire votre connaissance.

Lettre d'Eloise, Lady Crane, à sa fille Pénélope le jour de sa naissance.

Impression réalisée sur CAMERON par

La Flèche
en janvier 2008

Imprimé en France
N° d'impression : 45133
Dépôt légal : janvier 2008

DATE DUE